LE
TEMPLE
DE
LA PAIX.

A SON EMINENCE.

A PARIS;

Chez CHARLES DE SERCY, au Palais, dans
la Salle Dauphine, à la Bonne-Foy couronnée.

M. DC. LX.

AVEC PRIVILEGE DV ROY.

A
SON EMINENCE.

ONSEIGNEVR,

S'il eſt vray ce que dit Hipocrate de la
Verité, qu'elle porte dans les yeux deux
Soleils, dont les rayons expoſent aux yeux
de toute la Terre les actions des Hommes
les plus ſecretes & les plus heroïques; Ie

ã ij

EPISTRE.

puis dire auec cette mesme verité, qu'elle n'a iamais paru auec tant d'éclat aux yeux des François, que lors qu'elle a emprunté pour se faire voir les lumieres qui rejalissent de la gloire de V. Eminence; & qu'elle n'a iamais parlé auec tant d'efficace & de sincerité, que lors qu'elle a fait ouurir la bouche des Muses pour parler en faueur d'vn si grand Ministre. La Flaterie & la Complaisence (deux Tyrans imperieux qui tiennent à leurs gages tous ces escriuains qui trauaillent dans la Cour de nos Roys plustost à l'établissement de leur fortune qu'à celuy de leur reputation) ne peuuent rien contribuer au dessein de ceux qui consacrent leur plume à tant de celebres auantures qui font l'ornement de nos jours; car de quelques couleurs dont ils en embelissent le Portrait, ils n'en peuuent rien dire d'auantageux qui ne soit beaucoup au dessous de ce que l'on y doit. Ouy, MONSEIGNEVR, ie sçay qu'il faut auoir autant de courage pour dresser des Autels à vostre gloire, que de force pour executer vn si grand dessein.

EPISTRE.

mais ie sçay encore mieux, que si la force manque à vne plume foible comme la mienne, le courage ne me manque pas; aussi bien est il veritable que les entreprises mediocres ne sont suiuies que d'vne mediocre gloire; & pour satisfaire à l'obligation que l'on a de rendre iustice à vn merite aussi extraordinaire que le vostre, i'estime qu'il vaut mieux estre accusé de temerité que de crainte. Vne hardiesse de cette nature, quoy qu'elle semble tenir quelque chose du temeraire, n'est pas toujours vn crime en la personne d'vn Escriuain; & quand il ne me deuroit rester de mon trauail que la gloire d'auoir osé beaucoup en traçant ce superbe Tableau, ie serois satis-fait d'vn fruit qui ne peut estre qu'auan-tageux pour moy. I'ose dire pourtant, MONSEIGNEVR, que cette Muse a des pretentions plus éleuées; elle aspire au bonheur de plaire à Vostre Eminence; & i'ay cru que ie ne pouuois luy fournir vn moyen plus asseuré pour arriuer à la posses-sion de cette bonne fortune, qu'en l'obligeant

de luy presenter le Portrait de ses œuures
miraculeuses. Ses pareils, qu'vn merite
extraordinaire éleue au dessus du reste des
Hommes, ne trouuent iamais mieux de-
quoy se contenter, que lors qu'ils jettent les
yeux dans le miroir de leur vie ; & l'on ne
leur sçauroit faire vn présent plus digne
d'eux, que de les donner à eux mesmes. Ma
Muse qui n'espere rien ny de la foiblesse de
ses pensées, ny de la rudesse de son expression,
espere beaucoup de la nature de son of-
frande, & déja se dispose à deuoir tout ce
qu'elle en peut legitimement attendre au
plaisir qu'aura Vostre Eminence de se considerer soy mesme dans ces Vers, dont elle
est le plus illustre sujet, plustost qu'à leur dé-
licatesse : d'ailleurs le fauorable accueil
qu'elle a fait à quelques Pieces detachées de
ces Poësies, me fait croire que le Recueil &
l'augmentation ne luy en déplairont pas, &
ie suis persuadé que le Tableau du plus
grand de tous les Hommes ne sçauroit auoir
vn plus puissant & plus genereux Protecteur que son propre Original. Il est vray

EPISTRE.

MONSEIGNEVR, que mes Amis m'ont voulu flater de cette vanité, que ie n'a-uois pas tant mal reüssy en cette maniere d'écrire : mais comme i'ay vne juste connoissance de mes propres forces, & que ie sçay que ie ne suis pas fort expert en matiere de Peinture, ie n'ay garde de croire ce qu'on m'a voulu persuader : Voftre Eminence, qui est le Pere & l'Oracle des Muses, aussi bien que de l'Estat, en fera vn juste jugement ; mais ie la supplie tres-humblement de ne regarder pas ce petit ouurage auec toutes les lumieres de son Esprit : car si i'en ay fait vn sacrifice à sa gloire, c'est bien plustoft pour luy donner vne preuue de la reconnoissance que ie dois à ses bien-faits, que pour luy dé-couurir mon insuffisance. I'espere que cette bonté genereuse & generale qui l'a fait tra-uailler auec tant d'ardeur à la Paix de l'Estat, & au repos de la Chrestienté, se de-clarera en ma faueur, & qu'elle l'obligera de fermer les yeux aux defauts de cette Pein-ture, pour n'y considerer autre chose que le dessein que i'ay eu par là d'exposer aux

EPISTRE.

yeux de toute la France la passion que i'a
d'estre toute ma vie,

MONSEIGNEVR,

De Vostre-Eminence,

Le tres-humble, tres-obeïssa
& tres-fidelle Seruire
L'ABBE' DE LEDIGNA

LE TEMPLE DE LA PAIX.

 ANDIS que nos François arrosent leurs
    Lauriers
    Du sang infortuné des plus braues Guer-
    riers;
Tandis que leur valeur qui n'a point de seconde
Leur ouure vn chemin libre à l'Empire du Monde,
Remplit de tous costez par mille grands efforts
Les Riuieres de sang, les Campagnes de morts,
Et des Terres de l'vne, & de l'autre Frontiere,
Fait à leurs troncs pourris vn affreux cimetiere.
  Cette Diuinité qui regne dans les Cieux,
Les delices du monde, & le repos des Dieux,
Qui de leurs majestez, que l'on nôme immortelles,
Regle les differents, appaise les querelles,
Et qui leur fait gouster sans trouble & sans chagrin
L'agreable liqueur de leur Nectar diuin,
Depuis que pour chercher leur demeure sacrée
Elle a quitté la Terre auec la belle Astrée,
Lors que tous les mortels au vice abandonnez
Virent du Siecle d'or les plaisirs terminez;

A ij

Cette Deité, dis-je, en delices feconde,
N'a pû voir fans regret, fur la terre, & fur l'onde,
Mars le fer à la main, par vn tragique fort,
Grauer fur chaque objet l'image de la mort,
Du débris d'vn naufrage affouuir fes furies,
Des dépoüilles des Roys groffir fes voleries,
Epuifer les Eftats & d'hommes, & d'argent,
Prendre les biens du riche, accabler l'indigent,
Rauager à fon gré les champs les plus fertiles,
Abbatre les Forefts, & faccager les Villes,
Brifer des Anciens les fameux monumens,
Renuerfer les Eftats par de grands changemens,
Liurer à la douleur tous les humains en proye,
Bannir loin de leurs cœurs les plaifirs, & la joye,
Et portant en tous lieux la trifteffe, & le dueil,
Peindre tout l'Vniuers des couleurs du cercueil.
   L'afpect tendre & cruel de cette image affreufe,
A touché de pitié fon ame genereufe,
Elle n'a veu du Ciel ces funeftes Portraits
Que pour en effacer les pitoyables traits.
   Ces fpectacles pompeux où la fiere Bellonne
Traifne tant de Guerriers que fon ponuoir étonne,
Sont les juftes motifs dont la Paix a fait choix
Pour fe refoudre encor à nous donner des loix,
Et pour le bien d'vn regne où tout plaifir abonde,
Commencer par la France à triompher du Monde.
   La France, le climat le plus delicieux
Où l'on puiffe habiter fous la voûte des Cieux,
Eft le premier fujet où répandent leurs charmes
Les plaifirs de la Paix qui finit nos alarmes:
Cette Reyne a trouué ce fejour plus charmant
Que les Palais dorez qui font au Firmament,
Sans peine elle a quitté les voutes azurées
Pour venir vifiter ces charmantes Contrées,

Mais au premier abord ses beaux yeux pleins d'appas
Ont trouué des objets qui ne luy plaisoient pas;
Ces peuples par la guerre animez au carnage,
Mille tristes effets de fureur & de rage,
Mille Temples ornez des drapeaux remportez
Contre tant d'ennemis que l'on a surmontez,
Mille Chasteaux remplis de prisonniers de guerre,
Des combats sur la Mer ainsi que sur la Terre,
Nos champs de toutes parts couuerts de bataillons,
La Mer d'vne forest de flotans pauillons,
Les peuples nos voisins toûjours dans les alarmes
Par le bruit des canons, & la fureur des armes,
Des morts à chaque pas, des viuans desolez,
Des Villes en poussiere, & des Chasteaux brûlez;
Parmy ces troubles triste, & sans oser paroistre,
Cette rare Beauté ne pouuoit se connoistre,
Tout ce qu'ont de plus noir les couleurs du trépas
Auoit de son visage alteré les appas;
Vn funeste chagrin, en noyant tous ses charmes,
Et les feux dé ses yeux au torrent de ses larmes,
Complice de son deüil, que causoient nos malheurs,
La liuroit en victime aux traits de ses douleurs;
Rien ne pouuoit toucher cette illustre affligée,
Que Bellone soûmise, & la France changée;
Tout ce que Paris mesme enfermoit de charmant,
N'auoit rien d'assez doux pour flater son tourment;
Elle ne voyoit plus ses structures pompeuses,
Que comme vn feint portrait de figures trompeuses,
Qu'vn charme déceuant auroit representé
Dans les illusions d'vn Palais enchanté;
Ses Idoles d'honneur, ses monumens sublimes,
Estoient de son mépris les illustres victimes;
Enfin elle fuyoit le tumulte des Rois
Pour deuoir son repos au silence des Bois.

Vn jour, mais jour heureux, cette aimable immor-
Abandonnant fon ame à fa douleur cruelle,   (telle,
Laiffoit errer fes yeux, & fes pas languiffans,
Sur les bords de ces eaux dont les flots agiffans
D'vn mouuement leger précipitent la Seine
Dans le fôds d'vn Bois vert où le courât l'entraifne;
Là dedans vn Valon folitaire, & fecret,
Où l'ombre eft à l'abry du Soleil indifcret,
Les herbes & les fleurs fous fes pieds renuerfées
Arreftoient fes regards bien plus que fes penfées;
Son efprit loin des lieux où s'adreffoient fes pas,
Cherchoit ce que pour lors fes yeux ne voyoient pas;
Et dans fon déplaifir eftant enfeuelie,
Pour guide elle n'auoit que fa mélancolie;
En la voyant refver, les doux Chantres des Bois
Pour ne la troubler pas furent d'abord fans voix;
Les Nymphes de la Seine en fortant de leur fource,
Pour la confiderer arrefterent leur courfe,
Et leurs eaux à l'afpect de cet objet fi doux
Ne firent plus de bruit fur le dos des cailloux;
Le Zephir immobile au milieu de la Plaine,
Etoufa fes foûpirs, & retint fon haleine,
Et tous ces Dieux des champs fe taifant à propos,
L'inuiterent à prendre vn moment de repos;
Là le fommeil trompé par vn fi doux filence,
Vint contre fa couftume exercer fa puiffance,
Et dans ces fombres lieux n'entendant aucun bruit,
Crût au milieu du jour auoir trouué la nuit.
   Pour lors cette Beauté qui foule l'écarlate,
Et feme l'or par tout où fa grandeur éclate,
Affife fur vn lit où dorment les Bergers,
Plaignoit noftre infortune, & nos communs dagers;
La terre qui gardoit ce dépoft adorable,
Fit fortir du Zephire vn foûpir fauorable,

En cajolant tout bas ce miracle d'amour,
Séduisit mille fleurs qui luy faisoient la cour,
Qui pour honorer son auguste personne,
S'acquirent autour d'elle en forme de Couronne,
Où on vit voltiger mille petits oyseaux
Sur les bras verdoyans de divers arbrisseaux,
Qui s'embrassant l'vn l'autre, au gré de la Nature,
Formoient dessus sa teste vn berceau de verdure,
De ces Roys des Forests le gosier si charmant
Instruit, sans artifice, à chanter doucement,
Par vn bruit agreable y rompit le silence,
Et de son deplaisir charma la violence,
Vn petit ruisseau clair qui d'vn pas diligent
Rouloit sous ce berceau ses petits flots d'argent,
Agitoit dans le fonds de sa glace inconstante
Du Bois & des oyseaux la figure mouuante,
Et les tons languissans de ces Chantres aislez,
Auec le bruit de l'eau confusement meslez,
Faisoient d'abord aux sens vne telle imposture,
Qu'on ne pouuoit juger en cette conjoncture
Lequel des deux chantoit, sous ces verts arbrisseaux,
Ou murmure de l'onde, ou du bruit des oyseaux,
Là sur vn lit épais de mousse, & de fougere,
Plus belle mille fois que l'illustre Bergere
Qui lasse de poursuiure vn Cerf viste & leger
Vient pres d'vne fontaine attendre son Berger)
Regardant la charmante & diuerse peinture
Que sur le front des prez a feint la Nature,
Tantost jettant les yeux sur ce cristal mouuant
Que troubloit par son souffle vn doux & petit vent,
Tantost lançant les traits de leur viue lumiere
Où le Soleil commence & finit la carriere,
D'vn ardeur genereuse, & d'vn air languissant,
Elle finit ce discours aussi doux que pressant.

O Peuples belliqueux, Nations fortunées,
Que séparent les Monts des fameux Pyrenées,
Illustres Habitans de deux puissans Estats,
Redoutables Sujets de deux grands Potentats,
Dont la Paix affermie, ou bien la Guerre ouuerte,
Font de tout l'Vniuers le repos, & la perte,
Par quel injuste Arrest des Destins ennemis
Mars vous tient-il si fort à ses ordres soûmis?
De l'Astre qui vous luit la clarté vagabonde
Plus de vingt & cinq fois a fait le tour du monde,
Depuis que l'on exerce auec impunité
Sur vos biens & vos jours toute sa cruauté.
Quel droict a ce Tyran sur tant d'illustres vies
Qu'il vous rauit sans cesse, & qu'il vous a rauies?
Pourquoy laisser détruire à son bras menaçant
Tout ce que vos Estats ont de plus florissant?
Quelle fureur vous porte à suiure les maximes
De ce funeste autheur des plus horribles crimes?
Quoy, ne sçauez-vous pas que le déreglement,
La rage, l'incendie, & le sacagement,
Meurtres, vols, assassins, incestes, sacrileges,
Sont les titres affreux de ses beaux priuileges?
Ce sont là ses vertus, comme les plus grands maux
Sont les fruits les plus doux de ses fameux trauaux;
Il apprend sans scrupule aux plus genereux Princes
A troubler leurs voisins, rauager leurs Prouinces,
Semer parmy les Cours mille diuisions,
Découurir leurs secrets par de fins Espions,
Fomenter des Sujets la desobeïssance,
Acheter des Soldats la rebelle insolence,
Et payer la mutine, & la lâche vertu
D'vn traistre qui se rend sans auoir combatu;
Les fourbes, les mépris, les trahisons, les feintes,
Sont de ses documents les leçons les plus saintes;

C'est làqu'vn Prince ingrat qui pour l'heur de regner
Est instruit à tout faire, & ne rien épargner,
Impatient de voir sa teste couronnée,
Tranche d'vn Pere vieux la triste destinée,
Qui selon son desir marche d'vn pas trop lent
Vers la necessité du tombeau qui l'attend;
C'est par ses mouuemens qu'vne Reyne irritée
Empoisonne vn Mary qui l'aura mal-traitée,
Et que pour couronner le front ambitieux
De celuy de ses Fils qu'elle aimera le mieux,
Elle ose tout sans crainte, & pour se satisfaire,
Abbat s'il est besoin le Trône de leur Pere;
C'est luy dont le conseil fournit aux mécontens
Pour troubler vn Estat, les moyens, & le temps;
Sous des pretextes faux il anime l'audace
Du Soldat insolent, & de la populace,
Qui s'armant l'vn & l'autre, auec temerité,
Font & défont les Roys selon leur volonté;
Pour ce Dieu l'Vniuers n'a pas trop de victimes,
Il ne suit d'autres loix que celles de ses crimes,
Sur vn Trône de sang il place la Vertu,
Et tout vice est chez luy de gloire reuestu;
Il tient entre ses mains l'ordre des Destinées,
Il dispose à son gré des Testes couronnées;
Par les diuers succés de ses sanglants combats,
Il change comme il veut la face des Estats;
Tantost sa main conduit par le chemin du crime
Vn Sujet dans le rang d'vn Prince légitime,
Il trouble vn Peuple libre, & s'il l'a resolu,
Il le met sous le joug d'vn Monarque absolu;
Tantost il force mesme à viure en Republique
Ceux qui rendent hommage à la Loy Monarchique;
Tantost d'vn petit Prince il rauage l'Estat,
Et le soûmet aux Loix d'vn plus grand Potentat;

Tantost d'vn Roy paisible il trompe la prudence,
Et diuisant les siens, affoiblit sa puissance;
Ou s'il voit que son regne ait duré trop long-temps
Il le donne en partage à de grands Conquerans.
Ainsi vit Balthasar son Sceptre d'Assyrie
Des Persans & Médois éprouuer la furie,
Qui bien qu'il eust duré treize siecles, & plus,
Passa bien-tost apres dans les mains de Cyrus;
Ainsi fut à son tour la Perse déchirée,
Elle deuint des Grecs la superbe curée,
Mais elle eust le plaisir malgré cette rigueur
De voir par le poison expirer son vainqueur;
Apres mille combats sur la terre, & sur l'onde,
Rome enfin se rendit la maistresse du Monde,
Mais on la vit aussi par vn cruel reuers
Deuenir le butin de cent Peuples diuers;
Tout son Gouuernement par la brigue des traistre
A changé de façons tout autant que de Maistres;
Brutus chassa les Roys pour choisir le Senat;
Du malheureux César le triste assassinat
Seruit d'vn beau prétexte à rendre Rome esclaue,
Et ranger l'Vniuers sous le pouuoir d'Octaue;
Bisance a veu chez soy regner les Empereurs,
Mais du Temps & de Mars les cruelles fureurs
Ne leur ont rien laissé qu'vn petit coin de terre
Que l'eau du Rhin arrose, & l'Allemagne enferre;
Ainsi de ce brutal le caprice insensé
Se plaist de voir toûjours le monde renuersé;
Mais dans ce grãd desordre il ne faut pas qu'on pen
Que ce soit vn effet de sa toute-puissance,
On doit prendre ce Dieu pour vn foible indigent
Qui ne peut subsister sans trouble & sans argent;
Sa puissance n'est rien lors qu'elle est negligée,
C'est la Diuinité la plus mal partagée.

Quand le Destin regla parmy les immortels
Le pouuoir souuerain, & le droict des Autels,
Ce miserable Dieu n'eust rien pour heritage
Que l'espoir du butin, & l'ardeur du courage;
Mesme de quelque ardeur dont il soit enflâmé,
Son bras est impuissant lors qu'il est desarmé,
Il ne vit que du bien des Peuples & des Princes,
Du trésor des Autels, du débris des Prouinces;
Et lors qu'il est priué d'assistance & d'appuy,
Il ne sçauroit joüir des dépoüilles d'autruy,
Il n'oseroit combattre, il ne peut se defendre,
Il n'a rien à donner lors qu'il n'a rien à prendre,
Et ce Dieu de desordre est toûjours indigent,
Si l'on ne le secourt & d'hommes, & d'argent.
Il faut donc pour fournir à ses grandes dépenses,
Du trésor du public épuiser les finances,
Exiger des deniers par des ordres pressans,
Et pour cet affamé fouler les innocens;
La source qui produit les miseres publiques,
Vient des ordres cruels de ses loix tyranniques;
Les Nobles, les Bourgeois, les Roys, & les Sujets,
Sont le triste butin de ses fameux projets.
 Peuples qui gemissez sous ce joug déplorable,
Pensez vn peu de grace à ce siecle adorable;
Quand Saturne sortit des prisons de l'Enfer
Où le tenoit captif l'injuste Iupiter
Par le lâche conseil du cruel Promethée,
Cette Diuinité de son Fils mal-traitée,
Cedant sans repugnance à la loy du Destin,
Vint enfin se cacher dans le Païs Latin;
Lors la Iustice & moy, les plaisirs, & les graces,
Pour chasser ses ennuis, nous marchôs sur ces traces;
Ie répands mes faueurs, & d'vn soin liberal
Ie fay gouster au monde vn repos general,

D'abord sur mes Autels on vit mille lumieres,
Le parfum des encens, & l'ardeur des prieres.
Mais qui pourroit parler des biens, & des plaisirs,
Qui des justes mortels contentoient les desirs?
Pour lors le cœur de l'homme incapable de crainte
Des soins, ny des douleurs, ne souffroit point l'a(tt)
Et son esprit conduit de son pur mouuement (teint)
Se portoit sans contrainte à viure saintement;
Il ne s'empeschoit pas de faire vne injustice
Par l'espoir des bienfaits, ou la peur du suplice;
Chacun suiuoit les loix de la seule Vertu;
Le corps n'estoit iamais de vieillesse abbatu,
Les pieds, les mains, les yeux, la beauté du visage,
Ne perdoient rien du leur par la perte de l'âge,
Et quoy qu'ils dussent tous aller au monument,
La mort les y menoit côme vn sommeil charmant
Où la Nature foible apres longues années
Subissoit sans douleur la loy des Destinées;
Nul de tous les humains ne sentoit dans son cœur
Regner l'ambition, la haine, la fureur;
De grains, de fleurs, de fruits, les campagnes semé(es)
Ne craignoient point les pas des nôbreuses Armé(es)
Et le Berger sans crainte à l'ombre d'vn Ormeau
De son souffle agreable enfloit son chalumeau;
Tandis que ses Brebis d'vn pas lent & superbe
Fouloient en seureté le vert tapis de l'herbe;
Le Laboureur sans peine alloit dans la saison
Cueillir les fruits dorez de sa iaune moisson;
Des tresors mal acquis la soif impitoyable
Ne tourmentoit iamais le mortel raisonnable;
Soit pour la nourriture, ou pour la volupté,
La terre produisoit auec fertilité;
L'amour mesme n'auoit ny prisons, ny suplices,
Et faisoit des mortels les plus cheres delices;

Enfin

Enfin i'auois par tout semé tant de bonheur,
Que chacun m'adoroit, & me rendoit honneur;
Par suiuant des Latins le saint & sage exemple,
Chaque Peuple d'abord me fit dresser vn Temple,
Où les mortels venoient implorer ma bonté
Pour l'affermissement de leur felicité;
Mais que ce grand bonheur fut de peu de durée!
France, qui m'as si bien autrefois adorée,
Pourquoy faut-il qu'vn Monstre vsurpe mon encens?
A ces mots le sommeil fut maistre de ses sens,
Et ses tendres pauots forcerent ses paupieres
A cacher de ses yeux les viuantes lumieres;
Pour lors ce doux charmeur des maux les plus cuisans
La liura toute entiere à des songes plaisans,
Où son esprit émeu par mille bons presages,
Perdit de son malheur les funestes images;
Par vn prodigieux & subit changement,
Qui la remplit d'abord d'aise & d'étonnement,
Il luy sembla de voir dans la France appaisée
Du Démon des Combats la force méprisée,
Sa valeur inutile, & son cœur abbatu,
Regretter le pouoir que son bras auoit eu.
Plusieurs braues Guerriers pleins d'vn noble courage
S'abaissoient deuant elle, & luy rendoient hômage,
Les Nobles, les Bourgeois, les pauures, les puissans,
Venoient à qui mieux mieux luy donner de l'encens,
Et cette multitude estoit fort empressée
A caresser la Paix, & s'en voir caressée;
Elle les receuoit d'vn air fort gracieux;
Mais par dessus la troupe ayant leué les yeux,
Elle se vit au fonds d'vne place quarrée,
De trois rangs d'Oliuiers auec ordre entourée,
Au milieu de laquelle estoit vn pied d'estal
Faite d'vn ordre antique, & d'vn riche métal;

B

Il portoit vn Lyon, dont les traits & la forme
Paroissoient à ses yeux d'vne figure enorme,
Et dont les quatre pieds placez également
Bordoient les quatre coins de ce soubassement;
Sa fierté naturelle, & viuement dépeinte
Dans les feux de ses yeux, n'imprimoit nulle crainte
D'vn air doux & soumis il regardoit la Paix,
Comme si cet objet plein de grace & d'attraits,
Flechissant du Lyon le superbe courage,
Auoit de son respect exigé cet hommage;
Son crin jusqu'à ses pieds pendant, & renuersé,
N'estoient point sur son dos de fureur herissé;
Et comme si la Paix en eust fait sa conqueste,
Mille rameaux d'oliue enuironnoient sa teste;
Vne aiguille effroyable assise sur son dos
Y prenoit sans branler vn asseuré repos,
(Plus haute mille fois que ces roches cornuës
Qui semblent de leur faiste auoisiner les nuës;)
Sa pointe dans les airs se dérobant aux yeux,
En signe d'alliance alloit toucher les Cieux,
Et par là clairement sembloit nous faire entendre
Que Mars n'auoit plus rien sur la terre a prétendre
Que le Ciel n'auoit plus de foudres à lancer,
Et le temps de la Paix alloit recommencer;
Mille lettres d'amour, mille chiffres de gloire,
Entourez de Lauriers pour marque de victoire,
Ornoient la Pyramide en mill' endroits diuers;
Tout autour des Lauriers on lisoit de beaux Vers
Pleins de force, de grace, & de galanterie,
Qui chantoient les beaux noms de LOVIS & MARIE
Vis à vis de l'aiguille vn Temple paroissoit;
Aux deux costez duquel la Place aboutissoit;
L'escalier à repos & fort large, & fort ample,
Par trente-cinq degrez conduisoit dans le Temple

Là fur vne efplanade eftoit fuperbement
Affis vn ancien & rare Baftiment;
Deux ordres compofoient fa face bien garnie,
Le plus haut de corinthe, & l'autre d'ionie;
L'architecture riche, & le trauail exquis,
Rendoient cet edifice & fans pair, & fans prix;
D'abord vn portail rond par des traits magnifiques,
Enrichy tout autour de figures antiques,
Montroit fous fon arcade étendus à deffein,
La Fortune & l'Amour qui fe tendoient la main;
D'vn cofté l'on voyoit la Corne d'abondance
Que Saturne verfoit fur le Peuple de France,
Figuré par des gens qui fous luy fe preffoient
A cueillir de fes biens que fes mains leur verfoient;
De l'autre vn Apollon riant & débonnaire,
Non tel que le rendit le couroux de fon Pere,
Quand chaffé de l'Olimpe & pauure, & fans habits,
Du Roy de Theffalie il gardoit les Brébis,
Mais tel qu'on le dépeint dans le Temple Delphique
Couuert d'vn veftement fuperbe & magnifique,
Auec fon Carquois d'or, & fon docte inftrument,
Sur fon fiege à trois pieds il fembloit clairement
Lire dans l'auenir la fin de fes miferes,
Et chanter des neuf Sœurs les fortunes profperes;
Au deffus de l'arcade on remarquoit la Paix,
Qui puniffoit de Mars l'orgueil, & les forfaits,
C'eftoit le corps doré d'vne grande Statuë,
De Palmes, de Lauriers, & de fleurs reueftuë,
Qui fouloit fous fes pieds vn fuperbe cercueil,
Où la douleur, les pleurs, la trifteffe, & le duëil,
Des plaifirs de la Paix miferables victimes,
Eftoient enfeuelis auec les plus grands crimes;
Mille teftes des corps dont Mars fut le Bourreau,
Pendantes triftement fur les bords du tombeau,

Toute la face en sang, & de sueur baignée,
Iettoient des yeux mourans sur la Paix indignée,
Comme pour l'asseurer d'vne secrete voix
Qu'elles mouroient encore vne seconde fois,
Bien moins par la douleur d'auoir perdu la vie,
Que par le déplaisir de l'auoir déseruie.
De six Colonnes d'or deux rangs bien ajustez
D'vn Portail si superbe ornoient les deux costez,
Deux niches au milieu, d'vne grandeur égale,
Contenoient dans le fonds de leur parfait ouale,
Des figures de marbre, & d'vn marbre de prix;
L'vne auoit tous les traits de la Reyne Cypris,
Qui regardant vn Prince, & cherchant à luy plaire
Enuironnoit son front des roses de Cythere;
L'autre representoit vn Cupidon volant,
D'vne façon craintiue, & d'vn air chancelant,
Qui sur vne Beauté de mille attraits pourueuë
Iettant les doux regards de sa timide veuë,
Et comme si son cœur luy dût estre suspect,
La couronnoit de Lys auec vn grand respect;
En voyant vne face & si riche, & si belle,
La Paix jugea d'abord que ce rare modelle,
Par tant d'objets diuers, à ses yeux figuroit
Le Temple où tout le monde autrefois l'adoroit.
Elle entre donc pour voir cette maison sacrée,
Mais ses yeux éblouïs admirent à l'entrée
Dans vn grand Vestibule vn Prélat arresté,
Eclatant sous la pourpre, & plein de majesté;
Sur son visage auguste il portoit imprimée
La grandeur de son ame, & de sa renommée,
Et toute sa personne estoit vn vray portrait
Où comme dans vn Liure & fidele & parfait
Sur de beaux traits grauez par les mains de la Gloire
On lisoit ses vertus mieux que dans son histoire;

Son port noble, & son frôt, parloiét de sõ grãd cœur,
Les yeux de son esprit, son air de sa douceur,
Mais pour parler encor d'vn plus grand auantage,
Il aborda la Paix, & luy tint ce langage.
  Charmante Deïté, Fille & Reyne des Cieux,
Digne objet de l'amour des Hommes, & des Dieux,
Enfin voicy le temps où la France s'appreste
A celebrer le jour de l'illustre conqueste
Que mes soins secondez de vos puissans appas
Viennent de remporter sur le Dieu des combats;
Ne vous figurez point que ce superbe Temple,
Que chacun dãs la France admire à vostre exemple,
Soit quelque vaine image, ou quelque objet trõpeur,
Qu'auroit de vostre songe enfanté la vapeur;
C'est vn songe, il est vray, mais vn songe sincere
Qui de la verité porte le caractere,
Et dont le seur présage a surpris l'Vniuers
Par l'effet impréueu d'vn si digne reuers.
Lors que toute la France, & l'Espagne animées,
Enuoyoient au combat leurs plus fortes Armées,
Et dans le temps que Mars, & le Destin d'accord,
Sembloient de tout le monde auoir juré la mort,
Renuerse vostre Temple, & détruit l'esperance
De le pouuoir iamais rétablir dans la France,
Ie trauaillois pour lors au dessein genereux
De donner à l'Europe vn siecle plus heureux,
Redresser par mes soins vos Autels adorables,
Remettre l'Vniuers sous vos loix venerables,
Soulager les humains de misere accablez,
Et rétablir vos droicts si souuent violez;
Mais pour mieux acheuer vn si fameux ouurage,
Du redoutable Mars i'ay flaté le courage
Il m'a fallu d'abord suiure ses volontez,
Cheminer sur ses pas malgré ses cruautez,

B iij

Et pour porter plus loin ses funestes alarmes,
Luy prester de mon Roy les inuincibles armes;
Mais sauuant l'apparence afin de l'aueugler,
Ie ne l'ay secondé que pour mieux l'accabler;
Ie ne m'en suis seruy que pour auoir la gloire
De vous faire sur luy gagner cette victoire;
Par luy i'ay de mon Prince augmenté le pouuoir,
Et forcé les mutins à suiure leur deuoir;
Mais comme pour pouuoir étendre nos conquestes
Il a fallu de Mars emprunter les tempestes,
Par les sanglans effets de sa triste fureur,
Dans l'esprit d'vn chacun ie l'ay mis en horreur;
Pour lors i'ay pris vn temps fort propre à le détruir
I'ay chassé ce Tyran de l'vn & l'autre empire,
Et faisant l'vnion de deux Peuples puissans,
Porté sur vos Autels leurs vœux, & leurs encens,
Redresse ce beau Temple, où d'vne ardeur cōmu
Vous voyez de deux Roys triompher la Fortune,
Qui ne sçauroient trouuer vn destin plus heureux
Que le lien sacré de deux cœurs amoureux,
Viuez, regnez sans trouble, incomparable Reyne,
De vostre ennemy fier i'ay desarmé la haine,
Et Vostre Majesté n'a rien à redouter
Pour le repos d'vn Trône où ie la fais monter;
Heureux si ie pouuois sçauoir des Destinées
Que vous y regnerez d'eternelles années,
Et que vos jours en France à iamais fleurissans
Triompheront de Mars aussi bien que des ans.
     Le discours surprenant de ces grandes merueille
Qui toucherent son cœur en frapant ses oreilles,
Luy fit ouurir les yeux pour voir à son resueil
Tout ce qu'auoit aux sens presenté le sommeil;
Lors son esprit charmé du rapport d'vn tel songe,
Vit la verité mesme au miroir du mensonge.

Ce Temple luy parut plus brillant & plus beau
Lors qu'il fut eclairé du celeste flambeau;
Il estoit entouré de diuerses arcades,
Et qui des deux costez portoient deux balustrades,
D'où l'on voyoit pencher de beaux, & petits corps
De Cupidons de marbre eleuez sur les bords;
Les neuf Muses portant des vestemens fort riches,
Sembloient chater la Paix dans le fonds de neuf niches
Qui bordoient vn grãd dôme, & d'or l'enfoncement
Iettoit vn jour fort clair dans ce saint Bastiment;
La voûte de ce Temple estoit faite en ogine,
Où sur mille beaux traits d'vne peinture viue,
Des chifres l'vn dans l'autre estoient entrelassez
Par les mains de l'Amour diuersement tracez;
Le beau nom de Lovis par tout dans des Deuises
Brilloit en lettres d'or sur des peintures grises;
Des tableaux en deux rags pêdoient des deux costez,
Où l'Art de la Nature effaçoit les beautez;
Dans l'vn César fermoit de ses mains charitables
Du Temple de Ianus les portes redoutables;
L'autre nous faisoit voir Bellonne & Mars bannis,
L'autre du siecle d'or les plaisirs infinis,
Celuy-cy d'vn Amant nous peignoit l'allegresse
Qui se reconcilie auecque sa maistresse,
L'vn des Balets Royaux, & l'autre des Festins,
Où les Peuples noyoient l'outrage des Destins,
On n'osoit pas souiller par le sang des victimes,
Ce Temple où l'on chantoit les eloges sublimes
Que chacun consacroit d'vne commune voix
A l'honneur de la Paix, & du Peuple François;
Par quatre portes d'or, & de figure ronde,
Qui sembloient regarder les quatre coins du monde,
Diuerses Nations entroient confusément
Pour aller rendre hommage à ce grand changement;

Personne n'y venoit plaindre son infortune,
Le bien estoit commun, l'allegresse commune,
Il resonnoit par tout d'instrumens & de voix;
On voyoit seulement en trois diuers endroits
La haine, la fureur, & la mort renuersées,
C'estoient trois demy-corps de figures vsées
Taillez de bas relief, & de bronze doré,
Par la rigueur du temps à moitié deuoré,
Qui voyant de la Paix la victoire complete
Sembloient pleurer de Mars la honteuse défaite.

Trois Trônes pour Autels également dressez
Dans le fonds de ce Temple estoiét tous trois placez
Celuy du costé droit par cent illustres marques,
Fier de ce qu'il portoit le plus grand des Monarques
Mesloit de cent rubis l'éclat audacieux
A celuy que ce Prince y jettoit de ses yeux;
Les graces qui brilloient sur son sacré visage,
N'empruntoiét des habits qu'vn tres-foible auātage
Et meslant la douceur auec la grauité,
Il y joignoit l'amour auec la majesté;
Six Amours qui portoient chacun vne Couronne,
Voltigeans tous ensemble autour de sa personne,
Se disputoient l'vn l'autre auec empressement
L'honneur de couronner vn Prince si charmant;
Bellonne pres de luy dans les fers arrestée,
N'osoit jetter les yeux sur sa face irritée,
Et Mars jusqu'à ses pieds interdit & confus
Portoit des fers brisez, & des drapeaux rompus.

Sur l'autre estoit assise vne Reyne adorable,
Qui portoit dans les yeux vn charme ineuitable,
Et dont le doux empire, & les attraits vainqueurs,
Celebroient en ce lieu la conqueste des cœurs;
Iamais aucun n'a veu sur les riues du More
Sortir tant de brillans du beau lit de l'Aurore;

Iamais pour plaire aux yeux de l'aimable Chasseur,
Qui charma d'Apollon la Maistresse & la Sœur,
De son Char de cristal enuironné d'étoilles,
Tant de feux de la nuit n'ont éclairé les voiles,
Qu'en jettoit sur ce Trône & riche & rauissant
Les viuantes clartez de cet Astre naissant.
  Les Graces par les traits de ses rayons frapées,
Toutes trois aupres d'elle estoient fort occupées,
Chacune la seruoit, & selon son pouuoir,
Luy départoit ses biens acquis à son deuoir;
L'vne par vne douce, & fertile influence,
Luy donnoit des appas en tres-grande abondance;
L'autre dedans ses yeux répandoit ses clartez,
Et la derniere enfin releuoit ses beautez
Par vn vif incarnat qui sur son doux visage
Des plaisirs de son ame estoit la viue image,
Elle auoit à ses pieds vn Lyon couronné,
Auec des fers dorez par l'Amour enchaisné,
Qui regardant du Roy la majesté supréme,
Faisoit voir dans ses yeux vne allegresse extréme,
Puis il baissoit la teste auec humilité
Comme pour l'asseurer de sa fidelité.
  Entre ces deux objets de gloire, & de tendresse,
Vint se placer d'abord nostre grande Deesse;
Le Trone du milieu pour elle destiné,
D'or, d'azur, & de flame, estoit enuironné;
D'vn Monstre renuersé la figure étouffée
S'étendoit sous les pieds de ce brillant trophée;
Vne large blessure au trauers de son flanc
Ouuroit vn chemin libre aux boüillons de son sang,
Qui traçant à longs traits d'vne horrible peinture
Le funeste succés de la triste auanture
Des Peuples que maistrise vn souuerain pouuoir,
Sur les marches du Trône écriuoit le deuoir.

Ce Trône auoit pour dôme vne riche victoire,
Dôt les deux mains portoiét les marques de sa gloir
L'vne tenoit vn fer teint du sang répandu
De ce Monstre cruel sous le Trône étendu;
L'autre vn casque ombragé de cent Palmes dorée
De Lauriers verdoyans, & de fleurs entourées,
Qui sur ce casque fier d'vn air audacieux
Paroissoient s'éleuer, & menacer les Cieux;
Mais puis toutes penchoient egalement la teste,
Et couuroient en tremblant ce Trône de conquest

  La Paix dans ce haut rang parut auec éclat,
Et regardant d'abord cet auguste Prélat,
Dont la seule conduite asseuroit la puissance,
Et qui près de son Maistre auoit pris sa seance;
Monarque des François, dit-elle en ce beau jour,
Vn triomphe de Paix, aussi bien que d'Amour
Te montre la vertu, le merite, & la gloire
De qui tu tiens enfin cette double victoire;
Ce genereux Héros que tu peux aujourd'huy
Nommer de ton Estat la fortune & l'appuy,
Ne s'est pas contenté de rendre ta puissance
Redoutable en tout lieu par sa rare prudence,
Et de forcer toujours par ses trauaux fameux
La Fortune inconstante à seconder tes vœux;
Ce n'estoit pas assez qu'vne vertu si grande,
Cueillit tat de Lauriers pour t'en faire vne offrand
Il y mesle l'Oliue, & l'Oliue à son tour
Est jointe à mesme temps aux myrthes de l'Amou
Par les soins qu'il a pris d'vn si grand Hymenée,
Il a fait vn présent à ton ame enchaisnée,
Si digne de tes fers, si digne de ses soins,
Que ie puis t'asseurer qu'il t'auroit donné moins,
Si par l'heureux succés d'vne sanglante guerre
Il eut gagné pour toy l'Empire de la Terre,

Heureuſe beaucoup plus que tous les immortels
Cette illuſtre Victime acquiſe à tes Autels;
Prince, heureux eſt ton cœur en qui l'amour fidele,
D'vn ſi parfait Image a graué le modele,
Mais plus heureux encor tous ces braues François
Que le Ciel a choiſis pour viure ſous vos Loix;
Iamais Regne plus doux que doit l'eſtre le voſtre;
Quiuitſous ce climat, qu'il n'é cherchepoint d'autre,
Deſormais vos Hyuers n'auront plus de glaçons,
Vos Eſtez ſeront pleins de diuerſes moiſſons;
Sans chercher de vos ſoins le ſecours inutile,
Toûjours la terre en fleurs ſe trouuera fertile;
Vous cueillerez les dons de la riche Cerés
Sans que vos Laboureurs ſillonnent vos guérets;
De fruits délicieux l'abondante Pomone
Conſeruera chez vous vn eternel Automne,
Et le nombre infiny de vos Peuples voiſins
Viendra puiſer chez vous la liqueur des raiſins,
L'Air y ſera ſans peſte ainſi que ſans orages,
Les Hommes ſans fureur, & la Mer ſans naufrages;
Faſſe du juſte Ciel la ſupréme Bonté
Que pour comble de gloire, & de felicité,
Du nœud ſacré qui joint ces deux Mortels enſemble,
Il puiſſe bientoſt naiſtre vn fruit qui leur reſſemble;
Lors mille cris pouſſez, & dans l'air confondus,
Furent & ſous la voûte, & du Ciel entendus,
Chacun benit la Paix, & ſans craindre Bellone,
Alla joüir chez ſoy du repos qu'elle donne.
Ainſi fut de la Paix le Temple rétably,
Ainſi tous nos malheurs furent mis en oubly,
Ainſi du grand Lovis l'amour fut ſatisfaite,
Et de tous les François la fortune parfaite.

L'ABBE' DE LEDIGNAN.

c.

Extrait du Priuilege du Roy.

PAr Grace & Priuilege du Roy, donné à Paris
le 26 May 1659. Signé, Par le Roy en son Conseil, PIJART, & scellé du grand Sceau de cire jaune.
Il est permis à Marc-Antoine Deroys, Abbé de Ledignan, de faire imprimer *le Temple de la Paix*, en
tel caractere & autant de fois que bon luy semblera,
durant le temps de sept ans, à compter du jour que
ledit Liure sera acheué d'imprimer : Et defenses
sont faites à tous Libraires & Imprimeurs de l'imprimer, sur peine de trois mille liures d'amende,
confiscation des Exemplaires contrefaits, & de tous
despens, dommages & interests, ainsi que plus au
long il est porté par ledit Priuilege.

Registré sur le Liure de la Communauté le premier Iuillet 1659. Signé, IOSSE, Syndic.

Ledit Sieur Abbé de Ledignan, a cedé son droit
de Priuilege à Charles de Sercy Marchand Libraire
à Paris, pour en jouir suiuant l'accord fait entr'eux.

Acheué d'imprimer pour la première fois le 18.
Août 1660.

Les Exemplaires ont esté fournis.

LE TABLEAV

DE LA DISCORDE,

DANS LES GVERRES

Ciuiles de France.

Deja de nos François les troupes redoutables
Auoient forcé l'Espagne à les croire in-
domptables,
...ent de la Fortune enfloit leurs estendars,
...r valeur triomphante au milieu des hazars,
...our de leurs exploits, la terreur de leurs armées
...oient de tous costez de funestes alarmes,
...a le Rhin, où du Sort le caprice inhumain
...ome les debris de l'Empire Romain,
...on Aigle superbe aux frontieres d'Alsace
...ster de son vol da temeraire audace,
Flandre qui penchoit vers son dernier malheur,
...e defendoit plus auec tant de chaleur,
Peuple de Milan, pour parer la tempeste
...menaçoit les murs, & grondoit sur la teste,
...a se disposoit à semer des Lauriers
...us les pas triomphans de nos braues Guerriers,

A

Et nos troupes à vaincre en tout lieu destinées,
Marchoient par le chemin qui guide aux Pyrenées,
Enfin l'ennemy foible, & prest à succomber
Dans les bras des vainqueurs alloit presque tomber,
Lors qu'vn Demon horrible, & jaloux de leur gloire
Vint du fonds de l'Enfer pour troubler leur victoire,
C'est vn Monstre ennemy du repos des mortels,
A qui dans le Cocyte on dresse des Autels,
Là pres d'vn gouffre affreux de peines eternelles,
Le Desordre, qui suit les ames criminelles,
Entretient la Discorde en ce triste manoir,
Où les fatales Sœurs gardent le peuple noir,
Vn Antre creux & sombre est la maison sacrée
Où sa Diuinité des morts est adorée,
La Nuit y sert d'vn front qui n'a rien de serain,
Vn vieil Autel fermé d'vn baluftre d'airain,
Sur vn Trône brisé, paroift vne Satue,
Qui pour soubassement a la Paix abatue,
L'Horreur, l'Orgueil, l'Enuie, & la Rebellion,
Sortent des quatre coins en mufle de Lion,
La Fidelité triste, à ses pieds enchaisnée,
Des Dieux & des mortels paroift abandonnée,
D'vne main elle tient la Iustice en prison
Sous la garde du Crime, & de la Trahison,
De l'autre vn Sceptre orné du debris deplorable
D'vn Estat que sa rage a rendu miserable,
Sa Couronne est le prix de quelque grand forfait,
Ou le fruit d'vn larcin que la reuolte a fait,
Tous ces adorateurs sont ces Ames mutinées,
Detestables flambeaux des guerres intestines,
Et ce qu'elle reçoit de victime & d'encens,
Est le bien & le sang des pauures innocens.
    Ce Demon plein de rage autant que d'esperance,
Enfin quitta l'Enfer pour entrer dans la France,

funeste attirail des Filles du Trepas
soit son équipage, & marchoit sur ses pas;
vn Char de Cyprès, ce Guerrier effroyable
toit vne Ame double autant qu'impitoyable;
atre Cheuaux aistez le traisnoient fierement,
Sang, la Mort, la Haine, & le Déguisement;
lle pretextes faux, mille vaines promesses,
achoient son entreprise, & faisoient ses largesses;
Pomme de Discorde estoit entre les mains,
ouuerte d'vn métal qui corrompt les humains.
ette Pomme, qui fist, des murailles de Troye
es flâmes & des Grecs la conqueste & la proye,
algré dix ans de siege, & ce grand chastiment
ordonna le Destin pour vn enleuement,
endit toute la France en meurtres plus fertile
ue la fureur des Dieux, & la valeur d'Achile.
abord comme vn Tyran, ce Monarque nouueau,
fit des bons Subjets le Iuge & le Bourreau;
es traistres il receut les respects & l'hommage,
out seruit de matiere à son aueugle rage;
s Prestres, les Prelats, les Temples, les Autels,
oient soüillez sans honte aux yeux des immortels,
d'vn juste pouuoir les ordres legitimes
edoient à ce torrent qui traisnoit tant de crimes.
ors que Cesar poussé par vn noble attentat
ssa le Rubicon en dépit du Senat,
ue les Dieux, partisans de la gloire d'vn Homme,
nherent les Romains pour la perte de Rome,
que l'Aigle cruel, en se perçant le flanc,
se nourrissoit plus que de son propre sang;
n ne vit pas former tant de sanglantes ligues,
ant de partis cruels, tant de funestes brigues,
e l'on vit de desordre, & de maux, & de pleurs,
uire le triste sort de nos derniers malheurs;

A ij

La Discorde par tout auoit semé la haine,
L'Acheron se mesloit aux ondes de la Seine,
Paris auoit dressé, pour sa destruction,
Vn Theatre de sang & de confusion,
Où d'vn peuple brutal l'audace & la licence
Ne reconnoissoient plus la supreme Puissance,
Les Grands estoient reduits, en flatant son erreur,
A la necessité de briguer sa faueur;
Il faisoit à sa rage vn pompeux sacrifice
Du droict de donner grace, & de faire iustice;
Et cherchant pour le prix de sa temerité
Vne franchise chere à sa brutalité,
Libre des iustes Loix d'vn respect legitime,
Marchoit impunément sur la route du crime.
Chacun dans ce tumulte embrasse son party,
Tout Paris, malgré luy, s'y trouue assujetty;
Le traistre qui veut voir sa fortune agrandie,
Du masque d'vn faux bien, couure sa perfidie,
Et voyant le temps propre à son lâche attentat,
Flate son vain espoir d'vn changement d'Estat.
Lors vn peuple insensé, qui craint la tyranie,
S'attache aueuglement à suiure sa manie,
Et sans sçauoir pourquoy l'on veut le faire armer,
Il s'obstine à perir pour qui veut l'oprimer.
Cent Captifs condamnez à l'horreur du suplice,
Qu'ordonnent aux meschans les Loix de la Iustice
Rompent fers & prisons, & fuyant les gibets,
Se font considerer à force de forfaits.
C'est pour lors que le iuste est soûmis à l'outrage,
Qu'vn chacun voit ses biens exposez au pillage,
Et que, malgré ses yeux, le plus saint des mortels
N'est pas en seureté mesme aux pieds des Autels.
Tous craignent, & personne, en ce desordre extrême
Ne songe à conseruer l'honneur du Diademe;

Le Sage, enuelopé dans ce commun danger,
Cede à la Loy du temps, qu'il ne sçauroit changer,
Et suiuant des mutins la ligue la plus forte,
S'abandonne à regret au torrent qui l'emporte.
Celuy qui veut s'armer pour suiure son deuoir,
S'il a beaucoup de zele, il manque de pouuoir,
Et souient sa vertu, par son zele aueuglée,
Cherche l'heur de se voir sous le nombre accablée,
Que si pour l'infortune où sont les innocens,
Il n'a rien à donner que des vœux impuissans,
Il fuit pour son salut, en souhaitant le nostre,
Et ce qu'il quitte en l'vn, il le poursuit en l'autre.
Les plus ambitieux dans ces dereglemens
Trouuoient vn chemin libre à leurs emportemens,
Les François, des François faisoient les funerailles,
Les parens, des parens dechiroient les entrailles,
Vn Monarque irrité, par cent lâches projets,
Faisoit ses ennemis de ses propres sujets,
Et voulant retablir la Iustice opprimée,
Contre leur attentat marchoit à main armée.
Là les Lauriers d'vn Mars enyuré de fureur
Estoient couuerts d'vn sang qui nous fa soit horreur,
Le Frere y deuenoit le Bourreau de son Frere,
Le Fils estoit noircy du meurtre de son Pere,
Le Pere, par contrainte, ou pour se maintenir,
Chassoit son Fils rebelle, ou le faisoit punir,
Et les debordemens de ces fureurs ciuiles
Rauageoient sans obstacle & les Chaps, & les Villes,
Le Peuple, & le Soldat, aigris également,
Pour se perdre l'vn l'autre, armoient aueuglement,
Et par ses propres mains la France dechirée
Seruoit à ces Vautours d'vne indigne curée,
Mais enfin le Ciel juste, & sensible à ses maux,
Ne l'abandonna pas dans ces rudes assauts.

A iij

Son secours impreueu, contre toute apparence,
Releua son courage auec son esperance,
Le Monstre de Discorde y fut persecuté
Par ces mesmes mutins qui l'auoient enfanté,
Et qui remplis d'effroy, dans de telles alarmes,
Tournerent contre luy la pointe de leurs armes,
Et se voyans chargez d'infortune & de fers,
Se vengerent sur luy de tant de maux soufferts.
Le Ciel le meneça de cent coups de tonnerre,
Il vit fondre sur soy l'orage de la guerre,
Les François irritez se rendirent d'abord
Les Ministres cruels de son malheureux sort,
Et suiuant d'vn Romain le courage indomptable
Liurerent à la mort ce Monstre redoutable.
Ainsi sa rage eteinte, & les crimes punis
Ont rendu le repos à nos peuples vnis,
Sans que d'vn tel malheur les desordres terribles
Viennent iamais troubler nos Prouinces paisibles
France, à qui tant de maux ont cousté tant de pl...
Toy qui ne ressens plus ces cruelles douleurs,
Qui par vn effort noble, & difficile à croire,
Sur ton propre debris as releué ta gloire,
Et qui de tes subjets etouffant les discords,
Pardonnes aux viuans, & regretes les morts,
Si iamais au milieu des Palmes eclatantes,
Qui suiuent aujourd'huy tes armes triomphant...
De tes troubles passez le cruel souuenir
Entroit dans ton esprit pour t'en entretenir,
N'en considere plus la pitoyable image
Que pour y voir le bras qui vengea ton outrage,
Et n'en retrace plus le desordre intestin
Que pour baiser la main qui regit ton destin,
Qui triomphe de ceux qui t'auoient mise en pro...
Et d'vn sujet de deuil t'en fait naistre vn de joy...

Admire la grandeur de cet Héros Romain
Qui t'a mis la Fortune & le Sceptre à la main,
La Victoire te suit, la Terreur accompagne
Les projets des mutins, & les armes d'Espagne,
Son bras, en abatant ce Monstre plein d'horreur,
Dans les flots de son sang a noyé leur fureur,
Et ses soins qui iamais ne manquent de matiere,
De la Flandre pour eux ont fait vn Cimetiere;
Tout tremble sous sa loy, sa conduite aujourd'huy
De ton Trône affermy se declare l'appuy,
Il est par sa prudence à nulle autre commune,
L'Arbitre souuerain de ta bonne fortune,
L'ordre de son beau sort fait la regle du tien,
Quand le Ciel le fit naistre, il pensoit à ton bien;
La trame de ses jours à la tienne attachée,
Sans troubler ton repos, ne peut estre tranchée;
Le Ciel qui le protege en son illustre employ,
N'ordonne rien pour luy, qu'il ne fasse pour toy;
Tes progrés sont les fruits de l'ardeur qui l'inspire,
Ses trauaux tous les jours augmentent ton Empire,
Et ton bonheur au sien est si fort enchaisné,
Que tu n'as rien d'heureux que ce qu'il t'a donné.
Enfin tu dois ta gloire aux seruices d'vn Homme,
Que ta seule fortune a fait venir de Rome,
Et ne crains pas de voir tes peuples malheureux,
Tant qu'vn Héros si grand trauaillera pour eux.

A iiij

ESTRENNES AV ROY
Sur la leuée du Siege
d'Arras.

ENfin cette Puiſſance, à qui rien ne fait teſte,
Qui ne ſoit auſſi-toſt le prix de ſa conqueſte,
Cette inſigne valeur dont les jeunes exploits
Seruent d'illuſtre exemple aux plus vaillas des Rois,
Et qui, pour mieux remplir l'heur de vos deſtinées,
N'a pas pris ſa meſure au nombre des années;
Cette valeur, grand Prince, a fait en peu de temps
Des prodiges en France & ſi beaux, & ſi grands,
Qu'auec les plus doux fruits des trauaux de la guerre
Deja voſtre nom vole aux deux bouts de la Terre,
Et quoy qu'on ait chanté des plus fameux Guerriers
Voſtre âge eſt couronné de bien plus de Lauriers,
Et l'Hiſtoire prepare à vos jeunes années
L'encens qu'elle conſacre à de longues journées.
Quand mon Eſprit s'arreſte aux cruels changemens
Qu'ont cauſé dans l'Eſtat nos derniers mouuemens,
Quand ie ſonge au deſordre où nos Guerres ciuiles
Ont reduit la Campagne auſſi bien que les Villes,
I'imagine vn Theatre où Voſtre Majeſté
A fait voir de valeur autant que de bonté;
Et comme la derniere a paru ſans pareille,
L'autre a brillé par tout ainſi qu'vne merueille.

'vne, des bons Subjets vous a gagné le cœur,
autre, des reuoltez vous a rendu vainqueur,
vne, d'vn Roy benin nous a laissé des marques,
t l'autre, du plus juste & plus grand des Monarques;
t de toutes les deux les exemples diuers
Ont rasseuré les bons, ou puny les peruers;
L'Ame d'vn chacun d'eux heureusement contrainte,
Par vn double triomphe & d'amour, & de crainte,
Pour sa gloire, & la vostre, en ce bienheureux jour,
Vous réd vn juste hômage & de crainte, & d'amour;
Par l'vne retenuë, & par l'autre animée,
Et par l'vne soumise, & par l'autre enflâmée,
Sacrifie son zele au souuerain pouuoir,
Ou demeure reduite aux termes du deuoir.
Ainsi vostre vaillance en vn cœur debonnaire
Fait qu'on vous craint en Maistre, & qu'on vous aime
Rien ne resiste plus qu'auec temerité   (en Pere;
Aux souuerains Decrets de vostre authorité,
Et par là le Ciel montre, à la honte des traistres,
Come il protege ceux qu'il leur dône pour Maistres.
Quand ie voy ce Guerrier dont le bras autrefois
Tant acquis de gloire en viuant sous vos Loix,
Et qui par des efforts dont il n'est plus capable,
Par tout sous vostre force a paru redoutable,
Quand ie le voy reduit à ce poinct de malheur,
Apres que sa reuolte a trompé sa valeur,
Tel il est, & sans pouuoir mesme se reconnoistre,
Vaincu de tous costez, & vaincu par son Maistre,
Il est vn grand exemple à la Posterité,
Et la punition d'vn Subjet reuolté;
Il est couuert de Palme au temps qu'il est fidele,
Et le malheur le suit au temps qu'il est rebelle.
Ceux qu'vne trahison souleue impunément
Contre leurs Souuerains, triomphent rarement;

A v

Si toſt que de leur Prince ils connoiſſent les arm
Leur Ame s'abandonne à de rudes alarmes,
Et de quelque fureur qu'on les ait animez,
La peur du chaſtiment les rend tous alarmez,
Leur reuolte en deuiet & moins forte, & moins gr
Vn chacun d'eux y voit le mal qu'il appréhende,
Et comme par ſon crime il croit le mériter,
Il s'imagine auſſi qu'il ne peut l'éuiter;
C'eſt pourquoi leur défaite, auſſibié que leur cra
Paroiſt deſſus leurs fronts viſiblement emprain
Ils marchent au combat d'vn cœur mal affermy,
Et s'ils y ſont forcez, ſont vaincus à demy.
    Ce Héros eſt de ceux qu'vn tel ſoin perſecute,
Quelques vaillans exploits que ſon bras exécute,
Et l'on le voit combatre, en cette extremité,
Comme vn Subjet qui craint ce qu'il a merité,
Sa grande Ame ſe trouble, & ſon cœur ſe dépli
Sa vertu contre luy ſe reuolte, & s'irrite,
Il ne commande plus qu'auec legereté,
Il ne peut attaquer qu'auec timidité,
On ne le connoiſt plus pour ce braue Inuincible
Qui ne vit iamais rien qui luy fut impoſſible,
Tout l'effort de ſon bras ne peut le dégager,
Il le pouſſe au combat, & le laiſſe au danger.
Là le dépit l'emporte où ſon zele le quitte,
Son courage eſt plus grand, quand vn remord l'
Il oſe, & croit pouuoir d'vn coup précipité
Ce qu'il faiſoit ailleurs par géneroſité,
Tout luy paroiſt aiſé, quoy que peu legitime,
Ne pouuant s'en defendre, il couronne ſon crim
Et s'il n'eſpere plus qu'vn ſuccés malheureux,
Il cherche d'eclater par des coups dangereux,
Mais malgré ſes efforts, ſa valeur eſt reduite
A ſouffrir ſa defaite auſſi bien que ſa fuite.

Tel paroiſt aujourd'huy ce Guerrier à peu prés,
Dont le crime a changé les Lauriers en Cyprés;
Son cœur n'eſt plus le meſme, & la Flandre trompée
Ne voit, ny ne ſent plus ſa redoutable épée;
Elle n'a iamais eu de bras aſſez vaillant
Pour reſiſter aux coups d'vn ſi braue aſſaillant;
Mais, étrange reuers qu'on a peine à comprendre!
Qui l'attaqua vainqueur, ne ſçauroit la defendre.
Enfin elle l'a veu, ce fameux Fier-à-bras,
Et ne l'a plus connu dans les Lignes d'Arras;
Vous l'auez vaincu, Sire, & par voſtre victoire
Vous ferez aux Neueux douter de voſtre hiſtoire;
Mais la Flandre ſignant ce qu'elle en aura dit,
L'Eſpagne y ſouſcrira par force, ou par dépit,
Et l'Vniuers entier parlera d'vn ouurage
Qu'on n'a iamais veu faire au plus ferme courage;
Ma Muſe qui s'arreſte à le conſiderer,
N'a plus rien à produire, & ne veut qu'admirer
Ce fameux Politique, & ce rare Génie
Qui ſe fait voir par tout d'vne force infinie,
Et qui comme vn prodige a donné de ſa main
Vne ſi belle iſſuë à ce noble deſſein;
Ce merueilleux Eſprit, dont les belles lumieres
Ont ſi bien éclairé dans nos Guerres dernieres,
Que nous ſeruant d'vn Phare à nous conduire au Port,
Malgré le vent contraire, & la fureur du Sort,
La France a veu ſa Barque au milieu de l'orage
Par la ſeule prudence échaper du naufrage.
France, que ta fureur & ton aueuglément
Procedoient d'vn étrange & fatal mouuement!
Lors qu'en malgré ton Roy tu voulois rendre à Rome
L'honeur qu'elle t'a fait par le don d'vn tel Home)
Reuiens, reuiens, aueugle, & regarde aujourd'huy
Qu'il eſt de ton bonheur & la cauſe, & l'appuy;

Que sans auoir egard à ton ingratitude,
Ton salut fait encor ses soins, & son etude;
Que malgré le danger dont tu l'as menacé,
Il t'a toûjours seruie, & ne s'est point lassé;
Qu'il a bien voulu seul, par vn amour extréme,
Trauailler à ton bien en dépit de toy-méme,
Et te voyant aueugle au poinct où tu l'estois,
Il a guery les maux enfin que tu sentois;
Tes desordres l'ont veu d'vne ardeur inoüye
Exposer son honneur, & mepriser sa vie,
Suiure ton Roy par tout, chastier les mutins,
Calmer de tous costez tes troubles intestins,
Ramener dans Paris ton Prince legitime,
Et le solliciter à pardonner ton crime;
Confesse que tu dois à sa seule bonté
Le bien dont tu joüis, sans l'auoir merité;
Du superbe Stenay les defenses rasées,
Du rebelle Clermont les murailles brisées,
Te font voir aujourd'huy par ces derniers trauaux
Le comble de sa gloire, & la fin de tes maux.
Si tu veux d'vne ou l'autre encore plus entiere,
Sors au dehors de toy, visite ta Frontiere,
Des superbes trauaux de ses retranchemens
Arras ne garde plus que de beaux monumens,
Où de tes ennemis la rage est étoufée,
Où la valeur t'éleue vn glorieux trophée,
Qui sur vn grand débris de corps enseuelis
Fait triompher l'honneur des nobles Fleurs de Lis.
Ainsi de tous costez ta puissance affermie
Contre la tienne propre, & contre vne ennemie,
Connoy ton Bien-facteur, & demande à ton Roy
Celuy que tu jugeois estre indigne de toy.

LA FRANCE AV ROY.

GRand Monarque, en qui l'auantage
Des plus eminentes vertus,
Dont les Heros sont reuestus,
Surpasse le degré de l'âge,
I'ay changé de cœur, & de voix,
Et sous vos souueraines Loix,
Par ma plus humble remonstrance,
Ie ne demande desormais
Que le bien d'auoir l'asseurance,
Qu'vn Ministre si grand ne vous quitte iamais.

Ainsi l'heur de vos destinées
Me donne vn espoir glorieux,
Qu'vn jour d'vn pas victorieux
Vous franchirez les Pyrenées,
Et qu'ayant soûmis l'Aragon,
Nauarre, Castille, & Leon,
Bride l'vn & l'autre Neptune,
Cet Esprit sublime & diuin,
Sous le vent de vostre Fortune,
Fera trembler les bords de la Meuse & du Rhin.

POEME,

A Monseigneur l'Eminentissime Cardinal Mazarin.

EPISTRE.

MONSEIGNEVR,

C'est un aduantage si considerable, de contribuer quelque chose à l'éleuation de tout ce qu'il y a de grand en la Personne de Vostre Eminence, que la hardiesse que i'ay prise depuis quelque temps, de luy consacrer ma veine, ne peut estre justifiée, que par l'espoir d'acquerir ce mesme aduantage, & par la gloire qui suit ordinairement d'aussi illustres entreprises. C'est icy la troisiéme année que ie m'employe à tracer le Tableau de vos éminentes qualitez, & celuy des Victoires que les Armes du Roy remportent sur celles des Ennemis sous vostre miraculeuse conduite; & l'honneur que ie receus, lors que ie fus presenté à Vostre Eminence, par Monsieur le Comte de Moret, est demeuré bien auant graué dans mon cœur & dans

ma memoire. Toutesfois, MONSEIGNEVR.
parce que l'applaudissement, que vous eustes la
bonté de donner à mon Ouurage, estoit vne faueur
bien au dessus de mes esperances, il est constam-
ment vray, que ie n'aurois pas exposé ce dernier
au iour auec tant de confiance, si ie n'auois appris
de cette bouche mesme, qui est l'Oracle de la Fortune
de l'estat, comme elle fut pour lors celuy de mon
bonheur, que les Vers que i'auois faits pour S. A. de
Modene, qui m'a donné des sensibles preuues de ses
bienfaits, ne vous auoient pas esté desagreables. Si
ceux cy peuuent auoir la mesme fortune que les
autres, ie conserueray auec plus de soin le zele que
i'ay de donner toutes mes veilles à la suite de ces
illustres auantures, que le Ciel a attachées à vostre
glorieuse Destinée, & de faire voir à Vostre
Eminence, que la conseruation de ma propre vie
me sera toûjours moins chere que l'honneur d'en
sacrifier les restes à sa gloire, sans me flatter
d'aucune autre ambition, que de celle que i'ay de
meriter quelque part dans son estime, & d'estre
toute ma vie,

MONSEIGNEVR,

De Vostre Eminence,

Le tres-humble, tres-obeïssant,
& tres-fidele seruiteur,
DE LEDIGNAN.

POEME.

GRand & Diuin Prelat, dont le rare génie,
Et la vertu brillante, & la gloire infinie,
Eclatent en tous lieux par mille traits diuers,
Digne objet de mes vœux, ainſi que de mes Vers,
Vous que l'Eſpagne craint, & que la France admire,
Sous qui vit le Fidele, & le Traiſtre ſoupire,
Vous enfin dont la teſte, & le zele aujourd'huy,
Seruent à tout l'Eſtat de lumiere & d'appuy,
Permettez que ma Plume, acquiſe à voſtre gloire,
Adjouſte ſes écrits à ceux de voſtre hiſtoire,
Et que ma main étale aux yeux de l'Vniuers
L'eternel monument de vos exploits diuers.
I'ay chanté les Lauriers des premieres conqueſtes,
Dont voſtre ſeule main a couronné nos teſtes,
Où l'ennemy trouua ſes deſſeins renuerſez,
Et les cruels autheurs de nos malheurs paſſez,
Virent de vos Conſeils les effets ſalutaires
Abatre leur fureur qui cauſoit nos miſeres,
Et par vn coup hardy leur faire dans les fers
Rendre compte des maux que nous auions ſouffers,
I'ay chanté cette belle & fameuſe Campagne
Où le Siege d'Arras fit la honte d'Eſpagne,
Et fournit en faueur du plus grand des Mortels,
Vne illuſtre matiere à dreſſer ſes Autels.
Ma Muſe a mis au jour ces trois grandes Iournées
De trois Sieges fameux en Flandre couronnées,

Lors que de vos Conseils nostre bras seconde,
Soûmit Landrecy, Saint Ghilin, & Condé;
Mais aujourd'huy ie dis qu'apres de tels ouurages,
Il vous reste à jouïr de ces grands auantages,
Recueillir les doux fruits de vos trauaux guerriers,
Et reposer à l'ombre au milieu des Lauriers.
Le Ciel qui vous a fait des Hommes le plus iuste,
Vous a cedé le droict de l'Empereur Auguste,
Vous fermerez chez nous de vos diuines mains
Ce Temple qu'il ferma iadis chez les Romains.
Vous auez dissipé ces mortelles tempestes
Qui de nos Fleurs de Lis faisoient pencher les testes,
Le rétablissement du pouuoir Souuerain,
Est l'objet de vos vœux, l'œuure de vostre main,
Les forces de l'Estat par vous sont reünies,
Ainsi que des François les diferents genies;
Le Subjet & le Prince étalent en ce iour
De mutuels effets de seruice & d'amour;
L'vn méprise sa vie, & l'expose pour l'autre,
L'autre fuit son repos pour établir le nostre,
Ce commun accord fait qu'il nous est permis
De surmonter par tout nos communs ennemis.
Qui regit d'vn Estat les affaires flotantes,
S'il veut rendre au dehors ses forces triomphantes,
Il doit rompre au dedans les complots intestins
Des Grands ambitieux, & des Peuples mutins:
C'est de sa Politique vne infaillible marque,
D'affermir le Subjet sous la Loy du Monarque,
Et le seul coup d'Estat qui peut le maintenir,
C'est de bien asseurer ce qu'il doit soustenir,
Quelque soin que demande vne guerre étrangere,
L'œuure la plus pressante est la plus necessaire,
L'ennemy qu'on ignore est plus à redouter,
Que celuy qui paroist lors qu'il veut nous dompter.

La fureur du dernier n'est pas incurable,
Mais la ligue de l'autre est souuent indomptable;
C'est vn Monstre cruel qui se cache en naissant;
Quelque foible qu'il soit, il deuient tost puissant;
S'il peut gagner du temps, il ose tout détruire,
Il le fait étouffer pour l'empescher de nuire,
C'est vn brasier qui dort sous la cendre allumé,
Qui le laisse éclater, en peut estre oprimé,
Vn Trône qu'on partage, est a chacun en bute,
Qui cherche à l'ebranler, en medite la chute;
Pour grand que soit vn Roy, son Sceptre diuisé,
Dans la main qui le porte, est a moitié brisé,
Son pouuoir desuny n'a qu'vne force éteinte,
La concorde des siens tient l'Estranger en crainte;
Doncques qui par ses soins les y rend affermis,
En peut plus aisément vaincre les ennemis.
   Les nostres, grand Heros, de ces belles maximes
Ont esté jusqu'icy les sanglantes victimes;
Pour dompter leur audace auecque plus d'éclat,
Vous auez commencé par la Paix de l'Estat,
Et dans l'heureux succés d'vn trauail si pénible,
L'on vous a veu paroistre vn Ministre inuincible,
Qui du fameux debris d'vn sort injurieux
A fait a son mérite vn degré glorieux,
Qui comme vn bon Pilote, au milieu de l'orage,
A fait voir sa conduite égaler son courage,
Lors que le vent contraire, & les flots irritez,
Les bancs & les écueils semez de tous costez,
Mille ennemis secrets, mille rudes alarmes,
Mille troubles diuers, mille sujets de larmes,
Les vices en éclat, les vertus en oubly,
La Iustice oprimée, & le crime ennobly,
Ioignant a sa constance vne ardeur sans égale
A regir le timon de la Grandeur Royale,

Contre les vains efforts des mutins souleuez,
Il les a combatus, & nous a tous sauuez.
Dans sa fidelité sa grande Ame affermie
A toûjours combatu la fureur ennemie,
Sçachant que la mort mesme en vn si beau projet
Doit estre des grands cœurs le plus illustre objet;
Mais ferme en cette douce & fidele asseurance,
Que le Ciel, dont le juste espere la defence,
Quelque obstacle fatal qui trahit sa vertu,
Donneroit à ses vœux le succés qu'ils ont eu.
  Quand l'Ame d'vn Subjet monte jusqu'à ce crime
De trahir de son Roy le pouuoir legitime,
Quelque bonheur qui suiue vn dessein si peruers,
Il n'en doit esperer qu'vn funeste reuers;
Et la foudre du Ciel qui gronde sur sa teste,
Quelque mortel effort qui la bride & l'arreste,
Sçaura prendre son temps pour le vaincre & partir,
Si sa chute n'attend apres son repentir:
Mais celuy qui du Prince épouse la querelle,
Et qui viuant pour luy, cherche à mourir pour elle,
Sçait que dans le succés qui suit vn tel honneur,
Le bon & mauuais Sort n'ont qu'vn mesme bôheur;
En vn pareil combat sa defaite est sans honte,
Il triomphe toûjours, soit qu'il cede, ou qu'il dôpte,
Et vainqueur, ou vaincu, par vn dessein si beau,
Il affranchit son nom de l'horreur du tombeau;
S'il vainc, il ne voit rien qui souille sa victoire,
S'il succombe, il perit dans le sein de la Gloire,
Et ce noble auantage éleue son beau sort,
Que l'amour de son Prince est le prix de sa mort.
  Le bonheur qu'a produit vostre conqueste illustre,
Grand Heros, ne voit rien qui ternisse son lustre;
Vous auez combatu pour le repos du Roy,
Et la Fortune esclaue a suby vostre Loy;

Son bras qui vous a mis au deſſus de l'orage,
A mis tout au deſſous de voſtre grand courage;
Rien ne peut reſiſter a vos puiſſans efforts,
Tout vous cede chez nous, & dedans, & dehors;
Puis que toute l'Europe admire des Victoires
Qu'on ne ſçauroit trouuer aux plus belles Hiſtoires,
Rien de vos grands deſſeins ne peut troubler l'effet,
Le Caſtillan par tout & confus, & defait,
Verra bien-toſt vos mains, de Lauriers couronnées
Planter nos Pauillons deſſus les Pyrenées:
Aujourd'huy d'vn pas libre, & d'vn bras glorieux,
Vous portez auec vous les Palmes en tous lieux;
Et le deſtin du Roy, que flate la Fortune,
Partage auec le voſtre vne faueur commune;
Auſſi de vos deux cœurs le nœud bien aſſorty
A fait ranger le Ciel du plus juſte party,
Et le coup de ſa main, qui vous eſt fauorable,
Couronne l'innocent aux deſpens du coupable,
Sur ſa chute orgueilleuſe éleue vos projets,
Et laiſſe vn grand exemple aux rebelles Subjets.
    Lors que toute la Frace armoit pour vous detruire,
Lors que chacun icy ne penſoit qu'à vous nuire,
Lors que ce Peuple fier, aueugle, & plein d'horreur
Faiſoit de voſtre teſte vn prix a ſa fureur,
Lors qu'on ne croyoit pas que le rond de la Terre
Euſt vn lieu pour vous mettre a l'abry du Tonnerre,
Par vn juſte miracle a nul autre pareil,
Il vous a retably plus brillant qu'vn Soleil,
Qui par ſes beaux rayons a diſſipé l'orage,
Et chaſſé les broüillards qu'auoit émeu la rage.
Voſtre ſeule preſence a calmé nos debats;
Dés l'abord la Victoire a marché ſur vos pas,
Vous auez tout conquis, plus vaillant qu'vn Hercule
Et l'on dira de vous, comme de ce grand Iule

Qui merita le nom du plus grand des Romains,
Que venir, voir, & vaincre, est l'œuure de vos mains;
On vous a veu venir des confins d'Allemagne,
Et ce retour fatal aux projets de l'Espagne,
Vous fit reuoir en France vn Prince reuolté,
Vne Reyne affligée, vn Roy persecuté;
Lors vous offrant à luy d'vn cœur noble & fidele,
Vous ne fistes que voir, & vaincre le rebelle:
Ainsi quelqu'entreprise où buttent vos desseins,
Venir, & voir, & vaincre, est l'œuure de vos mains.
Les mutins que Bordeaux souleuoit en Gascogne,
Et ceux que Bellegarde animoit en Bourgogne,
Furent saisis de crainte, en vous voyant venir;
Lors vostre bras armé, tout prest à les punir,
Les força de se rendre, & vostre ardeur fidele
Vous fit voir tout d'vn temps, & vaincre le rebelle:
Ainsi quelqu'entreprise où buttent vos desseins,
Venir, & vaincre, & voir, est l'œuure de vos mains.
Par la prise d'Arras l'Espagnole arrogance
Meditoit de s'ouurir les portes de la France;
Mais cette ardeur friuole à vostre seul abord,
Changea l'espoir de vaincre, en la peur de la mort;
Vous ne fistes que voir ces Lignes bien tracées,
Et d'abord par nos gens elles furent forcées.
Ainsi quelque grad coup qu'embrassent vos desseins,
Venir, & voir, & vaincre, est l'œuure de vos mains.
Vos Soldats auec vous la derniere Campagne
Mirent le pied en Flandre, & la peur dans l'Espagne;
D'abord tout se rangea sous le pouuoir du Roy,
Vous y remplistes tout de terreur, & d'effroy:
Aussi qui des François à qui vostre victoire
Restera dans le cœur comme dans la memoire,
Ne confessera pas que pour de grands desseins,
Venir, & voir, & vaincre, est l'œuure de vos mains.

Ce nom qu'acquit Cesar au triomphe de Rome,
N'est plus certes vn prix qu'ō doiue à ce seul Hōme,
Vn merite plus grand de son orgueil jaloux
Luy derobe ce titre, & le garde pour vous,
Sur cette illustre Teste il eleue la vostre,
Et nous fait voir en l'vn plus qu'ō neuoit en l'autre;
Il fut nostre Tyran, vous estes nostre appuy,
La vertu qui vous suit ne fut iamais en luy;
Vne Guerre ciuile arma son grand courage,
Vous en auez en France enseuely la rage;
Des rebelles Romains il remplit la fureur,
Des François reuoltez vous estes la terreur;
Il a trempé ses mains dans le sang de ses Freres,
Vous auez appaisé nos communes miseres;
Il fut des droicts de Rome vn lâche rauisseur,
Et vous des droicts du Sceptre estes le defenseur;
Le crime accompagna ses armes triomphantes,
La Iustice a rendu les vostres fleurissantes;
Enfin ce grand Guerrier a toûjours combatu
Pour sa propre grandeur, & non pour la vertu;
Luy seul de ses trauaux a gousté l'auantage,
Mais de vos actions le plus noble partage
N'est que le seul honneur d'auoir fait pour vn Roy
Beaucoup plus que Cesar ne fit iamais pour soy.
Que diray-je en vn mot de cette Politique
Dont vous sçauez si bien la plus haute pratique?
Les Lauriers que la France a cueillis par vos soins,
En sont aux yeux de tous les fruits & les temoins;
Vostre Esprit sur lequel tout l'Estat se repose,
Est de tout son bonheur la veritable cause;
Il est en ses projets plein de solidité,
En ses inuentions plein de fecondité;
La grandeur d'vn dessein n'a rien qui le rebute,
Il trouue cent moyens, s'il faut qu'on l'execute;

S'il vn manque au succés, l'autre d'abord le suit,
C'est vn fonds sans mesure, & qui toûjours produit;
A ses viues raisons l'on n'a rien à répondre,
A l'art de charmer, il sçait l'art de confondre,
Et l'appuye toûjours sur de tels fondemens,
Qu'on entre auec plaisir dans tous ses sentimens;
Rien de plus meur que lui pour bien peser les choses,
Rien de plus éclairé pour connoistre leurs causes,
Rien de plus grand que luy pour les bien consulter,
Rien de plus fort que luy pour les executer,
Et rien de plus ardent à se montrer fidele
Par tout où de l'Estat la conduire l'appelle;
Ce grand fardeau n'a rien qui le puisse accabler,
L'embarras de ses soins ne sçauroit le troubler,
Il ne voit iamais rien qui l'ébranle ou l'étonne,
Ou caprice du Sort, soit qu'il flate, ou qu'il tonne;
Se ménage si bien ce qu'il a projeté,
Que toûjours le bonheur marche de son costé.
Cette aueugle Deesse au merite infidele,
Grand & fameux Ministre, y vient en dépit d'elle;
Vous estes si sçauant en l'art de la gagner,
Que vous la forcez mesme à vous accompagner,
Et par vne prudence à nulle autre seconde,
Vous charmez só pouuoir qui charme tout le monde;
Ce que vous preuoyez, ne sçauroit vous manquer;
Pour vaincre, il vous suffit de vouloir attaquer,
Lors que vous en auez quelque illustre pensée,
De tout ce que l'Histoire ou presente, ou passée,
Vous peut fournir d'exemple ou fidele, ou trompeur,
Rien ne sçauroit surprendre, ou trahir vostre cœur;
Il semble que lisant dans les choses futures
Quel est l'ordre du sort qui fait vos auantures,
Vous n'entreprenez rien sans l'auoir preuenu,
Qu'il ne vous garde rien qui ne vous soit connu;

Que du mal qu'il prépare, ou de l'heur qu'il destine
Par vne intelligence & secrete, & diuine,
Vous en preuoyez l'vn, & sçauez l'euiter,
Et que l'autre vous suit, & ne peut vous quitter.
A cet Esprit brillant ie joints vostre justice,
Que la vertu cherit, que redoute le vice,
Qui trauaillant pour tous d'vne égale ferueur,
Donne tout au merite, & rien à la faueur.
Lors qu'on voit vn Ministre agir par complaisance
Disposer des honneurs auec trop d'indulgence,
Et se laissant surprendre à des discours menteurs,
Prester souuent l'oreille à des Amis flateurs,
Leur commettre le soin de choisir la personne
Que demãde vn employ que son pouuoir leur dõne,
L'Estat est en desordre, & lors le moins sensé,
Sans egard du merite, est le plus auancé.
Chacun pour s'éleuer s'attache à cent intrigues,
L'on cherche de monter par Amis & par brigues,
Et l'on ne prend iamais le soin de meriter
Ce que la faueur seule espere d'emporter.
Vne faueur pareille a des suites cruelles,
Elle agrandit enfin des Amis infidelles
Qui se rendent puissans à force d'obliger,
Et qu'on ne peut apres abatre sans danger,
Qui s'en seruent souuent pour appuyer l'audace
De quelques mécontens, & d'vne populace,
Qui méprise son Prince, & veut insolemment
Mesurer sa puissance à son dereglement.
Telle fut la fureur de ces Hommes vulguaires,
Perfides instrumens de nos Guerres dernieres,
Dont la rage aspiroit à ce noir attentat,
De vouloir alterer la face de l'Estat,
Mais vous nous fistes voir en ce malheur funeste
Que vostre Ame brilloit d'vne vertu celeste,

Vn Homme tel que vous ne s'arrestoit iamais
A suiure le vulgaire, & remplir ses souhaits;
Ce Monstre est aueugle, & ne sçait ce qu'il aime,
Il fait souuent des vœux qui sont côtre luy-mème,
Il s'attache auec peine aux loix de son deuoir,
Qu'il fait sous la force abatre son pouuoir;
Le mutin ne connoist ny vertu, ny iustice,
Regle tout au poids de son brutal caprice;
Ceux qu'il cherit, & veut remplir d'honneur,
Reçoiuent de son choix qu'vn eclat suborneur,
La vertu dans la foule est produite, & fondée,
Ne s'acquiert souuent qu'vne gloire en idée,
Trauaillant par caprice, augmente sans raison,
Meurt comme ces fruits qui sont hors de saison,
Vous, de qui la prudence a finy nos miseres,
Vous auez fait connoistre à ces ames vulguaires,
Que ce n'est qu'à vous seul de regler le bonheur
Louer le merite, & le combler d'honneur,
Iuger sainement des Ames les plus belles,
Chasser les mutins, embrasser les fideles,
Donner de leur gloire, en faire vn iuste choix,
Remplir de l'Estat les plus nobles emplois,
Sous l'authorité d'vn pouuoir legitime,
Bâtir leur grandeur sur le débris du crime,
Vous nous auez sauuez de ce noir attentat
Qui deuoit alterer la face de l'Estat;
Vous auez abatu la temeraire audace
Tous les mécontens, & de la populace,
Le Prince auiourd'huy regarde sans danger
Ceux qui n'estoient puissans qu'à force d'obliger,
Vous auez sur sa teste affermy la Couronne,
Comme sur vos iours l'eclat qui l'enuironne,
Vous auez de son Sceptre asseuré la grandeur,
Et étalé en vous l'image & la splendeur;

B

Vous tenez la reuolte à son bras afferuie,
Ses bienfaits fous le voftre ont étouffé l'enuie,
Mais tout cet aduantage acquis à vos vertus,
Contre tant d'ennemis à vos pieds abbatus,
Tout ce qu'on voit en vous éclater de puiffance,
N'eft qu'vn Trône pôpeux où fied voftre clemence,
Vous ne l'auez acquis que pour vous couronner
De l'honneur de les vaincre, & de leur pardonner,
Au repos d'vn grand Roy vous deuiez leur défaite,
Qui fans voftre bonté demeuroit imparfaite,
Vous les auez pouffez, eftant fes ennemis,
Vous les auez vaincus pour les voir fes amis,
Lors qu'ils craignoient en vous vn implacable Iuge,
Ils ont efté furpris d'y trouuer leur refuge,
Voftre cœur genereux, de fon reffentiment,
A fait vn facrifice à ce grand changement,
Leur fureur a ployé fous cet effort fublime,
Et leur haine eft éteinte au pardon de leur crime,
Quelque aueugle tranfport qui les euft animez,
Ils fuiuent vn vainqueur qui les a tous charmez:
Ainfi vous auez mefme, apres tant de conqueftes,
L'honneur d'auoir foûmis, & releué leurs teftes,
Cette obligation vous a fait leur vainqueur,
Leur bras vous eft acquis auffi bien que leur cœur,
Voftre rare clemence en a fait fa victoire,
Ils ne pouuoient fe rendre auecque plus de gloire,
Pour nous faire auoüer que dans tous vos deffeins
L'vne & l'autre conquefte eft l'œuure de vos mains,
Puiffe par vos Confeils la Fortune profpere
Planter nos Eftendarts fur les bords de l'Ibere,
Puiffe le bruit fameux de vos trauaux guerriers
De l'vn à l'autre Pôle étendre nos Lauriers,
Ioindre la Seine au Gange, & fournir à mes veilles
Vn eternel fujet pour chanter vos merueilles.

A SYLVIE,
MONOLOGVE PASTORAL.

Les Plaintes de Tirsis sur son absence.
ou
Les Extrauagances d'vn Amoureux
absent.

A SYLVIE.

BEauté de qui la grace en merueilles féconde
Peut égalemét vaincre, & charmer tout le môde,
Sur tout depuis le temps qu'vn Autheur délicat
Par les traits de sa plume en releüe l'éclat,
Quel orgueil genereux, autant que temeraire,
Ose flater mes Vers du bonheur de vous plaire?
Et quelle vanité me peut faire espeier
Que vous prendrez le soin de les considerer?
A l'aspect des attraits dont vostre face est pleine,
Ma Muse est interdite, & n'agit qu'auec peine,
Elle perd auprés d'eux sa lumière & son feu,
Vos yeux en ont beaucoup, mais elle en a fort peu,
Leur force est inuincible, & la sienne est petite,
Ell'a peu de renom, vous beaucoup de merite;
Vous n'auez iamais veu que les Palais des Rois,
Elle ne sçait parler que des Champs & des Bois;
Pourtant ie peints vos traits de sa plume legere,
Ie couure vos beautez d'vn habit de Bergere,

B ij

Et ie mets la houlette en vos diuines mains,
Où le Ciel met souuent le destin des humains,
Et qui peuuent grauer, par d'infaillibles marques,
Que vostre race illustre est du sang des Monarques,
Dans ce déguisement ie faits voir vostre Espoux
Qui se plaint du Destin qui l'eloigne de vous;
Mais si l'ordre du temps doit regler nos pensées,
L'Histoire nous apprend, par les choses passées,
Que l'on a veu souuent des Princes, & des Rois,
Sous le nom de Bergers, déguisez autrefois,
Sur tout lors que leur Astre auoit des conjonctures,
Qui laissoient à l'Amour regir leurs auantures,
Lors les eclats pompeux de leurs Palais dorez,
De leurs cœurs amoureux estoient moins reuerez;
Ces Royales Maisons leur paroissoient trop grandes,
Leurs fronts n'estoiét ornez que de fresles guirlades,
Vn beau chapeau de fleurs, vn baston Pastoral,
Leur seruoit là de Sceptre, & de Bandeau Royal,
Les Dieux les plus puissans de la Troupe immortelle
Abandonnoient souuent leur demeure eternelle,
Pour se rendre en ces lieux visibles aux mortels,
Non dans de beaux Palais, ny sur de grands Autels,
Mais comme des Bergers, qui parmy les botages
Amenoient leurs Brebis chercher des pasturages,
Quãd les traits de l'Amour, triõphans & vainqueurs,
Auoient laissé leur pointe au milieu de leurs cœurs:
Ie puis donc aujourd'huy, sans faire aucune offence,
A la grandeur qui suit vostre illustre naissance,
Sous ces mesmes habits, vous cacher à nos yeux,
Sous qui l'on a veu mesme & les Roys, & les Dieux,
Quelque déguisement que ma plume vous donne,
L'on connoistra tousiours vostre auguste Personne,
Et les charmes puissans de vos diuins attraits,
Pour les yeux & les cœurs, auront les mesmes traits.

Tirſis, qui ſuit par tout vos beautez ſans pareilles,
Pourra touſiours en vous adorer ces merueilles,
Vn amas de douceurs, & d'appas tout-puiſſans,
Où l'Ame s'abandonne à la chaiſne des ſens;
Vn front où la grandeur d'vne Reyne eſt empreinte,
Et qui fait naiſtre enſéble & l'amour, & la crainte;
Vn viſage parfait, dont les traits gracieux
Portent le dernier charme & du cœur, & des yeux;
Des riches filets d'or, qu'vne teſte admirable
Répand de deux coſtez ſur vn ſein adorable;
Vn teint ſemé de neige & de vif incarnat,
Où les Lis & la Roſe étalent leur éclat;
Des yeux doux & brillans, dont les viues lumieres
Peuuent percer le fonds des Ames les plus fieres;
Vne démarche auguſte, & dont la majeſté
Répond ſi noblement à voſtre qualité;
Vn cœur grand, & remply de la vertu Royale,
D'vne Ame belle & franche, autant que liberale;
Enfin tout ce qu'en vous étalent de tréſors,
Les qualitez de l'Ame, & les beautez du Corps,
Les charmes de l'Eſprit, les graces du viſage,
Auront la meſme force, & le meſme auantage.
Tirſis, pour qui le Ciel a formé tant d'appas,
Dans ce déguiſement, ne les méconnoiſt pas,
Et quoy qu'il vous regarde, ou Princeſſe, ou Bergere,
Vous auez touſiours l'heur, & le droict de luy plaire;
Et ſi les doux accens qu'il pouſſe par les Bois,
Ne perdent de leur force, en empruntant ma voix,
Vous y reconnoiſtrez le pouuoir inuincible
De vos yeux ſans pareils, à qui tout eſt poſſible.

LES PLAINTES DE TIRSIS

Ou les Extrauagances d'vn Amoureux absent.

DEja l'Astre du Iour, Arbitre des Saisons,
Des Signes les plus chauds visitoit les Maisons,
Sa lumiere estoit viue, & la riche Pomone
Voyoit meurir les fruits qu'elle cueille en Automne,
Et l'haleine des vents, que brulent les chaleurs,
Auoit déja seché la verdure, & les fleurs,
Quand le triste Tirsis, loin des bords de la Seine,
Souffrant le long ennuy d'vne absence inhumaine,
Laissoit à l'auanture errer ses doux Agneaux
Par les Genets touffus des steriles coupeaux,
Assis sur vne Roche, en vn Val bas & sombre,
D'où le chaud du Midy chassoit le frais & l'ombre,
Proche d'vn petit Bois de verdure emaillé,
Qui des pleurs de l'Aurore estoit encor mouillé,
Du Nekar & du Rhin les courses vagabondes
Meslent en cet endroit le cristal de leurs ondes,
Qui sortant d'vn Rocher, par leurs flots diuisé,
Pour suiure par les champs vn chemin plus aisé,
Mo üillent le tapis vert des Plaines Palatines,
Et les murs des Chasteaux, & des Villes voisines,
Manhein, de l'Electeur le diuertissement,
N'est pas bien eloigné de ce lieu si charmant,

Où par le triste son de sa tendre Muzette
Tirsis flatoit l'ennuy de sa douleur secrette;
Cent Echos amoureux de ses tons languissans,
Redisoient à l'enuy ses lugubres accens;
Les Nymphes en estoient sensiblement atteintes,
Et desirant sçauoir le sujet de ses plaintes,
Après la fin du chant qui charmoit mon soucy,
Entendirent enfin qu'il se plaignoit ainsi.
Douce cause des maux que ie ressens en l'Ame,
Chere source de pleurs, aussi bien que de flâme,
Triste & charmant objet d'eternelle amitié,
D'vn nœud saint & sacré la plus chaste moitié,
Depuis que de mon sort la fureur sans seconde
Fait errer loin de toy ma douleur vagabonde,
L'infortune, & la mort, accompagnent mes pas,
Chaque objet que ie voy m'annonce le trépas,
De funestes Corbeaux croassent sur ma teste,
Le jour le plus serain m'est vn jour de tempeste,
Ie croy voir de mes jours le nombre s'éclaircir,
Rien de ce que ie veux ne sçauroit reüssir,
Le Ciel m'est ennemy, la Nature importune,
Ie trouuerois des pleurs aux yeux de la Fortune,
De l'Amy le plus cher la présence me nuit,
Son discours est sans force, & son conseil sans fruit,
Ie voy tout l'Vniuers dans vne face énorme,
L'accident sans sujet, la matiere sans forme,
Le Ciel vuide d'oyseaux, & la Terre de fleurs,
Le Soleil sans lumiere, & l'Aurore sans pleurs,
Les Siecles sans Saisons, les Saisons incertaines,
Passer confusement sans Mois & sans Semaines,
Les Semaines sans jours, & les jours inconstans,
Se joindre auec les nuits sans la regle du temps,
La lumiere pour moy n'a ny chaleur, ny force,
Les Elemens meslez subsistent sans diuorce,

B iiij

Ce desordre a rendu le vice & la vertu
Maistres d'vn mesme cœur, sans auoir combatu,
Et ie voy retomber du Monde la matiere
Dans la confusion de sa masse premiere,
Mes yeux sont sans objet, mon cœur est sans desir,
Mon Esprit sans clarté, mon Ame sans plaisirs,
Ie cherche la beauté dont ie la sens priuée,
En tout ce que ie voy ie croy l'auoir trouuée,
Ie demande au Silence, aux Ombres, au Sommeil
S'ils ont veu les rayons que iette mon Soleil,
Ie demande à ce Fleuue, où l'argent se promene,
S'il en a fait vn Trône aux beautez de ma Reine
Ie demande à ces Bois, si cet heureux Chasseur,
Le Riual d'Apollon, & l'Amant de sa Sœur,
La cherchant en secret sous leur ombre fidele,
N'a iamais pris icy ma Bergere pour elle,
Ie demande au Soleil, si pour voir ses attraits,
Il n'a iamais forcé l'ombre de ces Forests;
Ie demande au Zephir, s'il n'eut iamais l'enuie
De voler dans ces Prez sur le sein de Siluie;
Ie demande aux Rochers, si iamais leurs Echos
N'ont de sa douce voix repris les derniers mots;
Mais Echos, ny Forests, ny Zephirs, ny Fontaines
Ne m'en sçauroient donner de nouuelles certaines
Ie suis vn Guide aueugle, & ne puis rien trouuer,
Errant sans aucun fruit, ie ne fais que resuer,
De cent charmes puissans mon Ame possedée
S'attache tellement à cette noble idée,
Que comme si mes sens ne pouuoient s'emouuoir,
Ie regarde souuent cent objets sans les voir,
Mon Esprit s'y confond, là le passé le tente,
L'aduenir luy fait peur, le present le tourmente,
Quoy qu'vn espoir certain puisse me figurer,
Il est doux de iouïr bien plus que d'esperer.

En vain pour appaiser la douleur qui me presse,
Ie me forme vn Tableau des traits de ma Maistresse,
Ie cherche en vain ses yeux dans les yeux du Soleil,
Ses baisers innocens dans les bras du Sommeil,
La blancheur de son sein sur la neige & l'albastre,
Le vermeil de son teint, dont ie suis idolastre,
Sur le vif incarnat de ce rouge coral
Que Neptune produit de son sein liberal.
Dans ces comparaisons ma poursuite est égale
Au trauail de Siziphe, à la soif de Tantale,
Cet amas de beautez n'est qu'vne fixion,
Et i'embrasse vne nuë aussi bien qu'Ixion;
L'Art ne nous fait rien voir au prix de la Nature,
Ce n'est de ses attraits qu'vne foible peinture,
Le Soleil, le Sommeil, l'albastre, & le coral,
Rien que ses propres yeux ne peut guérir mon mal;
L'excés en est trop grand, ie sens mille supplices,
I'entends dessous mes pas s'ouurir des précipices,
L'ombre d'vn mort me parle, & me transit d'effroy,
Tous les Hommes ne sont que des Carons pour moy;
Le débris d'vn Rampart, la chute d'vn Tonnerre,
Le fracas d'vn Canon, les malheurs de la Guerre,
Des Monstres les plus fiers la brutale fureur,
De l'Enfer ennemy l'épouuantable horreur,
D'vn Tyran irrité la colere inflexible,
De cent Dieux offensez la justice terrible,
Les trasports d'vn Sorcier, de qui les creux poulmons
D'vne voix effroyable inuoquent les Démons,
Ne me sçauroient donner de plus rudes alarmes,
Qu'en a mis dãs mon cœur l'absence de ses charmes,
L'éclipse de cet Astre a troublé ma raison,
Et ie traisne auec moy mes fers, & ma prison.
 O vous Zephirs, Ruisseaux, agreables Fontaines,
Insensibles témoins de mes sensibles peines,

B v

Vniques Confidens de mes ennuis secrets,
Conseillers innocens, Secretaires discrets,
Qui soupirez toujours sous ces feüillages sombres,
Sans troubler le repos du silence, & des ombres,
Roseaux, foibles appuis de ces Chantres des Bois,
Dont le concert vaut mieux que les plus douces vois,
Vous Echos que mō cœur, s'expliquat par ma bouche,
A si souuent instruits de l'ennuy qui le touche,
Auez-vous iamais veu sous l'amoureuse Loy
Vn Amant fortuné plus à plaindre que moy?
I'aime, i suis aimé, le bel objet que i'aime
Est plus digne d'amour, que n'est pas l'Amour méme,
Et l'Hymen fauorable à nos communs desirs
Nous a recompensez de ses chastes plaisirs:
Mais quoy, par vn malheur qu'õ a peine à cōnoistre,
Ie cesse d'estre heureux lors que plus ie croy l'estre,
L'on me rauit le bien que l'Amour m'a donné,
Pour auoir tout de luy, i'en suis moins fortuné;
Car plus il est pour moy riant & fauorable,
Plus l'absence me rend & triste, & miserable.
Ah! que ie connoy bien que l'absence est vn mal
Qui sous la Loy d'Amour n'a iamais eu d'egal!
L'Amant, à qui la mort contre toute apparence
A rauy de son cœur la plus douce esperance,
Et qui sous la rigueur de sa commune Loy
A veu perir l'objet qui luy donna la foy,
Quelque grande que soit la douleur qui l'accable,
N'est pas des affligez le plus inconsolable,
Il peut laisser agir le temps, & la raison,
Pour son soulagement, ou pour sa guerison;
Et si te mal enfin est vn mal sans remede,
Esteindre dans ses pleurs l'ardeur qui le possede,
Pousser contre ce feu le vent de ses soupirs,
Mettre tout son plaisir à viure sans plaisirs,

cer l'Air & les Cieux de mille cris funestes,
urmurer, & s'en prendre aux Puissances Celestes,
nseuelir l'Esprit dans vn gouffre d'horreur,
bandonner son Ame à sa propre fureur,
e venger sur son front, grauer sur son visage
es couleurs de la Mort vne sanglante image,
sloigner auec soin du commerce & du bruit,
aller seul dans les Bois les heures de la nuit,
Monter sur des Rochers, chercher des precipices,
ire de son tombeau ses plus cheres delices,
t pour mieux couronner la fin de son tourment,
ans le sein de Thetis creuser son monument.
e malheureux Espoux, de qui la fantaisie
ede à ce Monstre fier, qu'on nomme Ialousie,
u milieu des transports qui déchirent son cœur,
ouste quelques plaisirs qui flatent sa douleur,
l peut voir la Beauté qui cause son martire,
oupirer, & de plus, soupirer, & le dire,
bseruer ses regards, & marcher sur ses pas,
dorer ses rigueurs, en voyant ses appas,
t par vne vertu genereuse & cruelle,
e montrer plus constant qu'elle n'est infidele:
insi ces deux Amans peuuent se secourir,
'vn a droict de se plaindre, & l'autre de mourir,
t celuy que l'Amour traitte auec injustice,
ui d'vne Beauté fiere esprouue le caprice,
eut malgré les rigueurs d'vn mepris obstiné,
oir, & seruir l'objet qui le tient enchaisné.
Mais l'Amant fortuné, que l'absence importune,
army tant de douceurs, n'en sçauroit gouster vne,
arce qu'il ne peut voir ce qu'il aime le mieux,
ny le peut seruir, estant loin de ses yeux,
t en ne flate son mal de tout ce qu'il propose,
e pour surcroy des maux que l'absente luy cause,

Il ne doit ny mourir, ny plaindre ses douleurs,
Car l'espoir luy défend, & la mort, & les pleurs.
Cher & cruel espoir de ma douleur contrainte,
Puis que tu me défends, & la mort, & la plainte,
Comme le seul remede aux Amoureux absens,
Daigne bien-tost guérir les peines que ie sens.
   Les plus rares Beautez des Terres étrangeres
N'ont fait que me donner des atteintes legeres,
Il n'est rien de charmant qui me puisse charmer,
Que le charme des yeux que mon cœur ose aimer;
I'ay veu, malgré l'ennuy dont i'ay l'Ame assaillie,
Tout ce qu'on voit de rare aux Villes d'Italie,
Le fertile Piémont, & l'Estat Mantoüan,
La Duché de Ferrare, & celuy de Milan,
Le Comte de Tirol, l'Asterie, & l'Autriche,
Et tout ce que l'Empire a de grand, & de riche,
Le Duché de Soüabe, & l'Estat Palatin,
Où se joignent les eaux du Nekar, & du Rhin;
Mais ny les beaux païs que i'ay veu dans ma course,
Ny ceux qui du Midy, iusqu'au Signe de l'Ourse,
Estalent tant d'objets aux clartez du Soleil,
N'ont iamais rien produit qui puisse estre pareil
A celle que l'absence à mes yeux a rauie;
Elle a mille beautez qui sont dignes d'enuie,
Le port majestueux, l'air & noble, & galand,
L'abord graue & ciuil, l'Esprit doux & brillant,
L'entretien plein de grace, & de son beau visage
La conqueste des Cœurs est l'vnique partage,
Ses cheueux que Nature a rangez à dessein,
Sement leurs boucles d'or sur les lys de son sein;
Et ses yeux, par les traits d'vne viuante flâme,
Font vne douce guerre aux mouuemens de l'Ame,
Les Graces, qui sont vœu d'adorer ses appas,
Sement des fleurs par tout où s'adressent ses pas;

Enfin i'ay dans le cœur le feu qu'elle a dans l'Ame,
Et cognois son merite aussi bien que la flâme.
Si tost que dans Paris i'eus quitté ses beaux yeux,
Ce seiour fut pour elle vn seiour ennuyeux,
Elle s'en éloigna, les Vallons & les Plaines
Mesme les doux Sorciers qui charmerent ses peines,
Où bien y prefera le silence des Bois
Au pompeux embarras de la suite des Rois,
Cette superbe Ville en merueilles feconde,
Qui peut se vanter d'estre vn abregé du Monde,
N'eust rien pour l'arrester, ny pour la diuertir
Du cruel deplaisir de m'auoir veu partir,
Elle fut se porter aux lieux hereditaires
Que le Ciel en partage à donnez à ses Péres,
Et loin du bruit fascheux d'vn importun seiour,
Où tousiours le tumulte accompagne la Cour,
La Solitude douce à son ardeur fidéle
Voyon souuent errer mon image auec elle,
Et dans l'oisiueté d'vn repos innocent,
Le suiuois par tout, quoy que i'en fusse absent,
Tantost sur les gazons à l'ombre des Driades,
Tantost sur les bords du crystal des Naïades,
Tantost dans vn Parterre orné de cent couleurs,
Ou dans vn Cabinet de verdure, & de fleurs,
Tantost sous vn Berceau, que des Lauriers s'as noble
Formoient contre le chaud pour le repos de l'ombre,
Où que l'Astre brûlant, & du frais ennemy,
Veillast auec luy le Silence endormy,
Que le Char de l'Aurore entrast dans sa carriere,
Ou que la Nuit jettat son obscure lumiere,
Cent chiffres de nos noms sur des Arbres granez,
Seront par le temps mesme à iamais conseruez,
Qui aura du respect pour de tels caracteres,
Et l'Amour contre luy defendra ses mysteres,

Car la Loy du Destin qui gouuerne les Dieux,
Ne peut rien sur les droicts de cet Enfant sans yeux,
Mais ce mesme Destin, par vn ordre barbare,
Me retient trop icy loin d'vn objet si rare:
Il est temps desormais que ie quitte ces lieux,
Adieu noble sejour de mes braues Ayeux,
Adieu Chasteau superbe, adieu belles Prairies,
Où i'ay souuent nourry mes douces resueries,
Adieu de mes ennuis cher & viuant temoin,
Troupeau fidele & gras, dont i'ay pris tant de soin,
Passe sous le baston d'vn plus fortuné Maistre,
Cesse de m'obeir, & de me recounoistre,
Vn ordre souuerain me force à te quitter;
Ie ne sçaurois m'en plaindre, & moins y resister:
Puissent du juste Pan les faueurs sans secondes
Rendre de ces Brebis les mammelles fecondes,
Te donner par les Prez de l'herbage à foison,
Et le bon reuenu d'vne riche Toison.
  Ainsi finit Tirsis ses courses incertaines,
Les yeux de sa Bergere appaiserent ses peines,
Ces yeux qui du Soleil confondent les rayons,
Ces deux boules de feu, ces deux viuans crayons,
Ces deux Astres jumeaux, ces lumieres mouuantes,
Eurent à son retour des beautez plus charmantes,
Certain chagrin inesté d'vne douce langueur,
Sembloit bien de leurs feux ralantir la vigueur,
Mais d'vn si tendre ennuy les secrettes amorces,
Par vn charme nouueau, redoublerent leurs forces,
Et plus l'air à Tirsis en parut languissant,
Plus son cœur fut touché d'vn mouuement pressant,
La Pitié de l'Amour augmenta la puissance,
Et d'autant que ce mal venoit de son absence,
Tirsis se fit mourir dans les embrassemens,
Et rendit à ses yeux leurs premiers mouuemens:

Apres ces deux Amans fans regret, & fans peine,
Reuinrent habiter fur fes bords de la Seine,
Et quitterent bien-toft l'air des Champs, & desBois,
Pour celuy qu'on refpire à la Cour de nos Rois;
Auffi de leur vertu le prix eft fi fublime,
Qu'il vaut bien que la Cour le réuere & l'eftime,
La Houlette en leurs mains eft vn foible ornement,
Vn Sceptre leur eft dû malgré ce changement,
Leur retour eft heureux, la gloire l'enuironne,
La Fortune le fuit, & le fang le couronne,
Leur Parc eft maintenant le Cercle, & le Palais,
Et leurs Brébis vn nombre infiny de Valets:
Chacun en cet eftat leur rend vn jufte hommage.
Moy qui fçay des neuf Sœurs la doctrine & l'vfage,
Ie fais vn Sacrifice aux yeux de l'Vniuers,
Sur l'Autel de leur gloire, & leur offre ces Vers.

À SON EMINENCE

Sur la mort de Monsieur de Mancini.

SONNET.

AV milieu des Grandeurs, au sein de la Victoire,
Lors que tout est propice, & répond à tes vœux,
Iules, le Sort aueugle, & jaloux de ta gloire,
Mesle quelques Cyprés à tes Lauriers pompeux.

La Fortune t'a mis au rang des plus fameux,
Entre tous les Heros qui regnent dans l'Histoire,
Et la Parque t'oblige à plaindre la memoire
D'vn Neueu jeune, aimable, autât que malheureux.

Ainsi toûjours nostre Ame est l'objet ou la proye
D'vn partage, mesle de tristesse, & de joye,
Mais la tienne sçait l'art de vaincre le malheur

Comme nous t'auôs veu d'vne ardeur peu cômune,
Dans les plus grands perils Maistre de la Fortune,
Nous te verrons aussi Maistre de ta douleur.

EPIGRAMME D'VN
Amant, qui craignoit de
s'engager au seruice de sa
Maistresse, parce qu'elle
estoit cruelle.

IRIS, ma peine est infinie,
Vos yeux ont attaqué mon cœur,
Ie ne cherche qu'vn doux Vainqueur,
Et ie crains fort la tyranie;
Vos beautez me font présumer,
Qu'on souffre fort à vous aimer:
Mais considerez vostre gloire;
Et si mon cœur est arresté,
Vsez bien de vostre victoire,
Ou rendez luy la liberté.

A SON EMINENCE

Sur la prise de Montmidy,

SONNET.

Lors que sur Pelion le Monarque des Dieux,
Foudroya ces grands Corps que l'Acheron enferre,
Y vit-on plus d'effets d'vne sanglante Guerre,
Que le fier Montmidy n'en etale à nos yeux.

Sur ce Rocher fatal vn Tytan furieux
A braué mille fois, & le Ciel, & la Terre;
Mais vn autre Iupin l'a frapé du Tonnerre,
Et Iule a renuersé ce noble audacieux.

De cent coups de Canon l'effroyable tempeste
A fait choir ses remparts aussi bien que sa teste;
Ce fort Chasteau tomban, a son orgueil detruit.

Lors le Lyon d'Espagne a nos fureurs en bute,
A cru voir, dans l'effroy d'vn si terrible bruit,
Le vieux & nouueau Monde ecrasé sous sa chute.

PIGRAMME DE
Mademoiselle de Colleret, enuoyée à Madame la Comtesse de la Suze.

Belle Comtesse de la Suze,
Qui la nomme, nomme vne Muze
Pleine d'Esprit, pleine d'ardeur,
Pour rendre vn tribut à sa gloire,
Son Nom est graué dans mon cœur,
Et ses Escrits dans ma memoire.

A Mademoiselle Colleret,
EPIGRAMME.

Ny le Nom fameux de la Suze,
Ny celuy d'vne illustre Muze,
Peuuent nous donner vn supréme bonheur,
Est moins glorieux de viure dans l'Histoire,
Que de regner dans vostre cœur,
Ou d'estre dans vostre memoire.

A MADEMOISELLE
D. L. P. Sur ses Yeux.

SONNET.

Qve vos yeux sont charmans! qu'ils sont & fie
    & doux!
Ces deux Globes viuans, ces sources de lumiere,
Le Cœur le plus superbe, & l'Ame la plus fiere,
Ne sçauroit euiter, ny repousser leurs coups.

Ce qu'Amour a d'aimable, il l'emprunte de vous
Et c'est pour vous qu'il tient mon Ame prisonnie
Il a mis tant de feux dessous vostre paupiere,
Que l'Astre qui nous luit en est mesme jaloux.

Moy qui ne sçay que trop le pouuoir de leurs ch
    mes,
Ie ne sçaurois les voir, sans souffrir mille alarmes
Ny viure satisfait, estant eloigné d'eux.

Ie ne sçay si mon sort est doux ou deplorable,
Car vn de leurs rayos peut redre vn home heureu
Comme vn de leurs eclairs peut faire vn miserab

Sur la prise de Valance.

Ec vn rapos de Valance à Valancienne.

EPIGRAMME.

Qve l'Espagnol bouffy de superbe, & de gloire,
Ne fonde plus son vain orgueil
Sur ce peu fauorable accueil
Qu'il a receu de la Victoire;
Apres vn Monde de malheurs,
Il voudroit flater ses douleurs,
De ce que Valancienne est sienne;
Il n'a conserué, malgré tous ses desseins,
Qve la moitié de Valancienne,
Puis que Valance est en nos mains.

vn Frondeur qui fut frondé

EPIGRAMME.

AMy, ie plaindrois ton destin,
Si tu n'auois troublé le Monde;
Iamais vn plus beau coup de Fronde,
Apres celuy du Philistin.

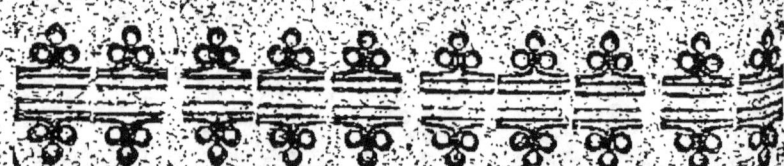

LES PLAINTES
d'Aminte, sur le Tombeau de Tirsis.

ELEGIE.

Tirsis, enfin le Ciel, ennemy de mon bien,
A finy ton suplice & fait naistre le mien;
Mais d'vn deüil si cruel l'accablement funeste
N'a pû me dérober le bonheur qui me reste,
Et malgré du trepas la fatale rigueur,
Ie te cherche des yeux, & te voy dans mon cœur.
  Les Parques à mes yeux ont caché ton visage,
Mais l'Amour en moy-mesme a graué ton image,
Le cours de tes beaux jours est borné par le Sort,
Mais l'Amour te fait viure en depit de la Mort;
Ce Peintre ingenieux a d'vne main sçauante
Ranimé dans mon cœur ta figure mourante,
Là les viues clartez de son sacré flambeau
Ont chassé loin de toy les ombres du tombeau;
Ce qui me plaist y vit, quoy qu'il ait cessé d'estre,
Et ie puis sans le voir, l'aimer, & le connoistre,

Que la Mort m'a pris, l'Amour me l'a rendu,
Mon cœur la garde, si mes yeux l'ont perdu,
L'Amour, malgré la Mort, y fait viure ma joye,
Combat la Mort pour me rendre sa proye,
Et triomphe enfin par vn nouuel effort,
Me fait vn present du larcin de la Mort,
Et que de sa fureur la fatale injustice
De tout ce qui vit au gré de son caprice,
Miracle d'Amour sauue ce qui n'est pas,
Et fait viure encor dans les bras du trepas.
Reste, ma douleur, ma perte est reparée,
L'Amour n'y consent pas, si la Mort l'a jurée,
Sa volenté souuent est la regle du Sort,
L'Amour a ses droicts aussi bien que la Mort,
Mais l'eternel sommeil qui ferme ta paupiere,
Mais, t'a pour iamais derobé la lumiere,
Mon amour aueugle en ce fatal moment,
A l'art de guerir vn tel aueuglement.
Vain & foible espoir de mon Ame abatuë,
Qui ne peut resister à ce coup qui la tuë!
Guerir! & la Parque, auec vn trait mortel,
M'a fait choir en victime aux pieds de son Autel.
Inutile soin que mon cœur se propose,
Qui mon deplaisir, sans en oster la cause,
Tout remede est friuole à qui ne peut guerir,
Qui en contre la Mort ne te peut secourir.
Peintre ingenieux, de qui la main sçauante
Imprime dans mon cœur ta figure mourante,
L'Amour me l'offre en vie, en depit du trepas,
Mais il me la presente, & ne me la rend pas,
Il fait dans mon cœur reuiure ce que i'aime,
Ce n'est que son portrait, mais ce n'est pas lui-même,
Quelque brillant que soit l'eclat de son flambeau,
N'a iamais brûlé dans le fonds du tombeau,

La flame d'vn Amant, sous des cendres eteinte,
Fournit moins de matiere à l'Amour qu'à la plainte,
Le faire viure en soy, c'est se faire mourir,
Lors qu'on vient à penser qu'on ne le peut guerir,
Ce miracle d'Amour, inutile, & funeste,
Ne sauue de la Mort qu'vn pitoyable reste,
Qui nous fait voir vn bien que nous auons perdu,
Comme vn bien qui iamais ne peut estre rendu.
O cruel souuenir d'vne perte asseurée,
Qui iamais par l'Amour ne sera reparée!
Tirsis, cette auanture est vn Arrest du Sort,
Et l'Amour ne peut rien sur les droicts de la Mort.

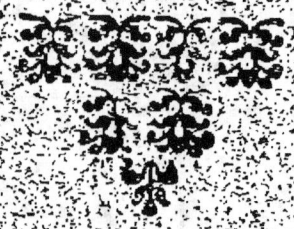

Iris sur le Tombeau de Daphné.

ELEGIE.

Daphné, triste sujet d'vne tendre amitié,
Qui n'es plus rien pour moi qu'vn objet de pitié,
Astre injurieux sous qui les Destinées
filé de tes iours les trop courtes années,
le triste accident qui vient de t'accabler,
t'a mis en repos qu'afin de me troubler.
dors dans le tombeau, pendant que ie soupire,
froideur de ta tombe est l'air que ie respire,
y produit des Enfans qui t'ont privé du jour,
ce que i'aime mesme a détruit mon amour,
perds, en te perdant, cette douce esperance
es soins que i'auois pris d'éleuer ton enfance.
e riuage du Tibre, & le Païs Latin,
nt veu de tes beaux jours reluire le matin,
u pouuois y passer sans trouble, & sans enuie,
s momens precieux d'vne plus longue vie,
uter le malheur qui t'accable en ces lieux,
iure auec eclat du bien de tes Ayeux,
loin du froid accueil d'vne Terre importune,
ouir entre les bras de la bonne Fortune,

C

Mais mes yeux animez du defir de te voir,
Ont trahy ton mérite ainsi que mon espoir,
Tant de grace & d'attraits brilloient sur ton vi...
Que t'ayant demandé, mesme dans ton bas age,
I'ay dérobé ta veuë a ton païs natal,
Et l'on me la ranit par vn coup trop fatal;
I'ay voulu t'arracher du sein de ta Nourrice,
Et ma main t'a conduit aux bords du précipice,
Là l'on t'aimoit, icy l'on t'a fort mal receu,
Là l'on te caressoit, icy l'on t'a deceu,
Mille Nymphes du Tibre ont festé ta naissance,
Et la Seine te perd en ta plus tendre enfance;
Le Tibre t'a fait vivre, & t'a comblé de biens,
Et la Seine est ingrate au service des tiens;
L'vn orna ton berceau de Lys, & de verdure,
Et l'autre de Cyprés couure ta sepulture;
Mais l'vn & l'autre enfin ressentent ce malheur,
Et leur perte est commune ainsi que leur douleur,
D'vne telle auanture a tous deux inhumaine,
Qui pourra consoler & le Tibre, & la Seine?
Qui me rendra ce bien tant de fois souhaité?
Qui te rendra, Daphné, ta premiere beauté?
Ie cherche dans tes yeux tes lumieres viuantes,
Qui jettoient autrefois des clartez di brillantes;
Ie cherche sur ton front ce meslange emprunté
Des traits de la douceur, & de la majesté;
Ie cherche la candeur, l'innocence, & la grace,
Que l'Amour & Nature auoient peint sur ta face,
Ce naturel docile, & de vertus orné,
Et mille effets naissans d'vn Esprit bien tourné,
Mais celle qui preside aux appareils funebres,
A couuert tes beaux yeux d'eternelles tenebres,
Vne couleur liuide a passé sur ton front,
La pasteur l'accompagne, & l'horreur s'y col...

Tous les traits de l'Amour, & ceux de la Nature,
Ont changé sur ta face & d'air, & de peinture,
Et ton corps, sous les pieds de la Parque abbatu,
N'a plus ny mouuement, ny chaleur, ny vertu;
L'Ame qui se cachoit sous ses mortelles voiles,
A poussé ses soûpirs plus haut que les Estoiles.
Fasse le juste Ciel que ton Esprit content
Y jouïsse en repos du bonheur qui l'attent;
Qu'il regne pour iamais sur la voûte azurée,
Et que priant pour moy le Dieu de l'Empirée,
Il me protege autant par mille vœux ardens,
Que Iules me defend par ses Conseils prudens:
Ainsi i'auray des tiens, soit en paix, soit en guerre,
Vn defenseur au Ciel, vn Autre sur la Terre,
Et ie consacreray le bonheur de mon sort
Au secours du viuant, aussi bien que du mort.

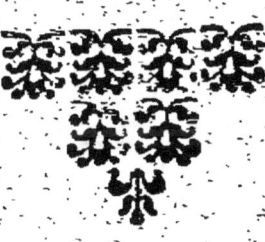

Stances sur la bataille des Dunes de
Dunquerque, presentées à son
Eminence le iour deuant que le
Roy partit pour son voyage de
Lion.

Avant que cette Intelligence,
　Qui preside sur ton Conseil,
Guide tes pas, où le Soleil
Brûle les confins de la France;
Iules, regarde ce Tableau,
Où d'vn hardy coup de pinceau
Ma Muse peint tes destinées,
Et fait voir à tout l'Vniuers,
Qu'il te faudroit bien plus d'années,
Que ie ne puis faire de Vers.

　Apres mille rudes tempestes,
Propice à nos justes souhaits,
Tu confons l'espoir de la Paix
Dans les fruits de mille conquestes;
Les Ennemis persecutez,
Sont accablez de tous costez;
Et les fiers Enfans de la Terre
N'ont iamais veu dans leur malheur,
Parmy les debris du Tonnerre,
Tant de matiere de douleur

Iamais la valeur sans seconde
De ce Roy, dont l'ambition
Méditoit la destruction
Des Royaumes d'vn autre Monde,
N'a fait croistre dans ces beaux lieux,
Où le Soleil ouure ses yeux,
Tant de Palmes victorieuses,
Qu'apres mille trauaux guerriers,
Parmy ces Dunes sabloneuses
Ta main a cueilly de Lauriers.

Des murs d'vne Ville enfermée,
Les Ennemis des Fleurs de Lis
Ont veu leurs remparts démolis,
Et la défaite d'vne Armée;
Vn si terrible euenement,
Arriué presque en vn moment,
Fit croire à la Parque effroyable,
Que les Champs où l'on se battoit
N'auoient pas mesme assez de sable
Pour tous les Corps qu'elle abbatoit.

L'aspect d'vn meurtre si terrible
Blanchit le front, troubla le cœur
De celle de qui la rigueur
Fait vanité d'estre inflexible;
Lasse du sang de tant d'humains,
Elle laisse choir de ses mains
Son fer, autheur de tant de larmes;
Et les François les plus vaillans
Se seruent de ses fieres armes
Pour la perte des Castillans.

C iij

Nostre courage les étonne,
Leurs Soldats couurent les sablons,
Et sous le bruit de nos Canons
La Terre tremble, & le Ciel tonne;
Parmy la foudre, & les éclairs,
Vn exhalaison dans les Airs,
Faite de poudre & de fumée,
Forme vn nuage sans pareil
Entre les Cieux, & nostre Armée,
Et la cache aux yeux du Soleil.

Ces Corps de bronze dont les bouches
Vomissent la flame & le fer,
Par ce non Tableau de l'Enfer
Epouuantent les plus farouches,
Ces fiers Ministres du trépas
Arrosent du sang des Soldats
Toutes ces Plaines infertiles;
Et leurs boulets qui sans effet
Trauersent les rangs & des files,
Murmurent de n'auoir rien fait.

Lors vne flamboyante nuë
D'vn mouuement terrible & prompt,
Iette de cent bales de plomb
Vne gresle seche & menuë,
Qui faisant vn rude fracas
De testes, de jambes, de bras,
Nos gens en dressent vn trophée,
Et par mille rudes efforts
Rendent la campagne étouffée
Sous des montagnes de Corps morts.

La noftre braue Infanterie,
Qui couure le dos de fillons,
Au nombre de fes Bataillons
Ioint vne fanglante furie,
Nos Soldats l'ardeur dans le fein,
La picque, ou le fabre à la main,
Commettent mille illuftres crimes,
Et fuiuant leur noble courroux,
La Parque compte fes victimes
Par le feul nombre de leurs coups.

Ceux que des Charges importantes
Expofent aux coups les premiers,
Par tout de leurs exploits guerriers
Laiffent des marques éclatantes;
D'vn grand débris de Bataillons,
D'armes, de chars, de pauillons,
Ils fe font des marches pompeufes,
Et vont d'vn courage affermy
Planter leurs Enfeignes fameufes
Au milieu du Camp ennemy.

Enfin le Deftin déplorable
Des plus valeureux Caftillans,
Par des caracteres fanglans,
Paroift imprimé fur le fable;
L'afpect d'vn fi trifte Tableau,
Qui porte l'horreur du tombeau,
Trouble le plus hardy courage,
Et chacun penfe fagement,
Que la fuite eft le feul paffage
Pour euiter le monument.

L'on voit ebranler leurs cohortes
Qui ne songent qu'à defiler,
Et la peur qui les fait voler,
N'a pas des aisles assez fortes,
Tous fuyent l'honneur de mourir,
Le Flamand qui les voit courir,
Au gré des vents, & de l'orage,
Pense que cette affliction
A jetté la fièvre & la rage
Dans le vaste corps du Lion.

Après, Furnes, & Graueline,
Oudenardes, Yprés, Menhein,
Suiuirent le mesme destin,
Qu'a suiuy le Fort de Cominc,
Tout cede à nos heis Combattans,
Et par ces succés importans
La Flandre commence à connoistre
Qu'elle a besoin d'vn Protecteur,
Et qu'il vaut mieux vn juste Maistre,
Qu'vn impuissant Vsurpateur.

Toy pour qui la main de la Gloire,
De tous ces grands euenemens,
Dressera de beaux Monumens,
Dans le Temple de la Memoire,
Admire toy dans ce Portrait,
Tout ce que ta prudence a fait,
Peut, en depit des Destinées,
Aller sur l'aisle de mes Vers
Au dela mesme des années
Qui verront finir l'Vniuers.

A Monseigneur le Mareschal de Turenne.

STANCES,

Où la pluspart de ses Actions Heroïques sont dépeintes.

Depuis qu'au Temple de la Gloire,
En faueur des Héros mortels,
On a veu dresser des Autels
Pour éternifer leur mémoire;
Depuis que les Reynes de Vers,
Pour en éclairer l'Vniuers,
Mettent les vertus en lumiere,
Iamais elles n'ont pû tenter
Vne plus illustre matiere,
Que celle que ie vay traitter.

Grand Héros d'vn mérite insigne,
Le seul nombre de vos hauts faits
Surpasse tout ce que iamais
L'Histoire a marqué de plus digne;
Ils ont fait vn si grand éclat
Pour vostre Nom, & pour l'Estat,
Que rien n'égale leur victoire;
Et des effets qu'ils ont produit,
Si vous en auez eu la gloire,
La France en a receu le fruit.

Les Allemans, les Bauarois,
Sçauent & le nombre & le poids
Des efforts de voftre courage,
Quand le grand Prince de Condé,
De voftre valeur fecondé,
Dans l'Alface les mit en fuite,
Fribourg en changeant de deffein,
Y vit leur victoire détruite
Par cent exploits de voftre main.

Philifbourg, Vvormes, & Mayence,
N'ont iamais efté mieux conquis,
Qu'autant qu'ils ont efté le prix
De ce qu'y fit voftre vaillance,
Toute l'Allemagne fait foy,
Que parmy l'horreur & l'effroy
Tant des Sieges, que des Batailles,
(Comme du premier des Guerriers)
Au trauers de cent funerailles
On a veu croiftre vos Lauriers.

Lors que la France déchirée,
Par fes defordres inteftins,
Des Grands & des Peuples mutins,
A veu la rage confpirée,
Rien fous le fouuerain pouuoir
Ne les a rangez au deuoir,
Que voftre bras & voftre zele,
Qui fous vne mefme valeur
Des ennemis, & du rebelle,
Ont fait la perte & la douleur.

Aprés nos ciuiles alarmes,
Sainte Menehoud, Rhetel, Mouzon,
Furent reduits à la raison
Deſſous la force de vos armes;
On vous vit au Siege d'Arras,
Ou de nos rogues Fier-à-bras
L'inſolence fut étouffée
Dans leurs fameux retranchemens,
Faire à voſtre gloire vn trophée
Deſſus d'eternels monumens.

Là voſtre prudence admirable
A ce fruit des armes du Roy
Dreſſa des remparts du Queſnoy
Vn bouleuard inexpugnable;
Par vous Landrecy fut ſoûmis;
Et du ſecours des ennemis
Les troupes nombreuſes & fortes,
Bien loin d'oſer vous reſiſter,
Vous en virent briſer les portes,
Sans que rien pût vous arreſter.

Saint Ghelin, Condé, la Capelle,
Suiuirent le meſme reuers;
Mais qui de tant d'exploits diuers
Pourroit tracer le vray modéle?
Combien de peines, & de maux,
Combien de ſoins, & de trauaux,
Combien de teſtes fracaſſées;
Combien de remparts emportez,
Combien de murailles briſées,
Et combien de Soldats domptez?

Mais parlons de voſtre conduite,
De qui les effets importans
De tant de Lauriers éclatans
Couronnent la nombreuſe ſuite;
Vous ménagez auec tant d'art
Ceux qui ſont ſous voſtre Eſtendart;
Vous donnez des ordres ſi ſages,
Vous vous poſtez ſi juſtement,
Qu'au milieu des plus grands orages
Tout vous ſuccede heureuſement.

Dans des rencontres les plus fieres,
L'aſpect d'vn peril euident,
De voſtre Eſprit ferme & prudent
Ne ſçauroit troubler les lumieres;
Vous regardez d'vn œil egal
L'horreur de ce moment fatal
Où Mars ſe plaiſt dans le carnage;
Et ny fer, ny flâme, ny plomb,
N'ont iamais eû cet auantage
De vous faire blanchir le front.

Au milieu de tant de tempeſtes
Le fruit qui reſte à vos trauaux,
C'eſt que pour guerir tous nos maux
La Paix couronne vos conqueſtes;
Quand nous joüirons d'vn tel ſort,
Nous dirons tous d'vn meſme accord,
Que ſi la grande Intelligence
Dont les ſoins ſont noſtre bonheur,
A donné la Paix à la France,
Elle a payé voſtre valeur.

FIN.